果然我的青春戀愛喜劇搞錯了。④

My youth romanti
wrong as I e

渡 航

繪者／ponkan⑧

日本小學館正式授權繁體中文版

渡航【WATARI Wataru】
繪者／ponkan⑧
4
four

野炊時光
summer camp
「爲、爲什麼？我明明看媽媽削過那麼多次……」
由比濱結衣
yui yuigahama

『由比濱同學，妳要把刀子固定住，再用另一隻手轉動梨子。』
雪之下雪乃
yukino yukinoshita

河川戲水
summer camp
雪之下雪乃
yukino yukinoshita
由比濱結衣
yui yuigahama

比企谷小町
komachi hikigaya
「哥哥你看，這是小町的新泳裝！」
平塚靜
shizuka
hiratsuka

試膽大會
summer camp
「魔法師也算幽靈嗎……」
戶塚彩加
saika totsuka
雪之下雪乃
yukino yukinoshita

「……做得真是不錯，
很適合妳喔。」
「那個……雪乃姐姐？」
比企谷小町
komachi hikigaya

Contents

果然我的青春戀愛喜劇搞錯了

My youth romantic comedy is wrong as I expected.

登場人物【character】

four

比企谷八幡………故事主角。高中二年級，個性相當彆扭。

雪之下雪乃………侍奉社社長，完美主義者。

由比濱結衣………八幡的同班同學，總是看人臉色過日子。

材木座義輝………御宅族，夢想成為輕小說作家。

戶塚彩加…………隸屬網球社，長得非常可愛，可惜是男的。

平塚靜……………國文老師，亦身為導師。單身。

比企谷小町………八幡的妹妹，國中生。

葉山隼人…………八幡的同班同學，非常受歡迎，隸屬足球社。

三浦優美子………八幡的同班同學，地位居於女生中的頂點。

海老名姬菜………八幡的同班同學，亦為三浦和由比濱的朋友。是個腐女。

鶴見留美…………國小學生。

國中暑假作業　讀書心得

我讀夏目漱石的《心》

二年三班　比企谷八幡

夏目漱石的《心》絕對是一本探討孤獨的小說。

這部作品的本質不在於糾葛的三角關係，而是更寫實的對人之不信任、個人與世界的隔絕，以及看不見一絲救贖之光這個真理。

即使看到旗子立起，但不代表最後會是圓滿大結局，有人瞭解你，也不代表會成為你的知己。能夠撫慰孤獨的，才不是什麼愛情和友情。

我們拿這種孤獨一點辦法也沒有。夏目漱石在文中稱呼其為「孤單」，不過生活在現代的我們早已習慣那種「孤單」，視其為理所當然之物，甚至可說是讓我們成為獨立個體的要素。

我認為夏目漱石想透過這篇小說，告訴我們人類本來即為孤獨的動物，只能活在被群體排除在外、不為任何人理解的悲哀中。

例如故事中的「我」、「老師」、「K」還有「老師的妻子」，這些人都是孤獨的。成功立起旗子、得到對方的心，卻仍滿足不了自己的渴求。

即使他們待在一起、度過相同的時間，終究沒辦法讓彼此的「心」交會。

明治時代距今已經有一百多年。經過這麼漫長的歲月，這部作品依舊受到廣泛閱讀，或許正是因為人類的本質即是如此吧。

最後，我用「老師」在故事中說的話總結。

世界上的壞人不可能每個都一模一樣。大家平常都是好人，或至少都是普通人，但是到緊要關頭時，卻會突然變成壞人。這一點是可怕的地方，所以不能掉以輕心。

絕對不要相信任何人——這是夏目漱石告訴我們的。

1 比企谷八幡的暑假就要這樣度過

電風扇發出喀噠喀噠的聲音來回轉動，彷彿要蓋掉一旁傳來的微弱呻吟聲。小町也用相同的速度連連搖頭。

「天、天啊……」

「哥哥，這樣根本不行……」

她輕輕把被太陽晒到褪色的稿紙放到桌面。

「小町很清楚哥哥的個性，但還是不能寫出這種文章啦……」

「吵死了，還不是因為妳說要抄我的讀書心得。不爽不要看！」

給妹妹看自己過去寫的讀書心得，又被她毫不留情地否定，讓我感到雙倍的窘迫。我一把將她手中的稿紙搶過來。

「好啦好啦，對不起～還是有一些可以用的部分，所以借小町一下嘛♪雖然大部分都沒辦法用。」

小町在最後多補一句廢話，拿回我的讀書心得，抄進自己的筆記本中。

這是小町的暑假作業。

小學時代，所有學生會拿到一本名為「暑假好朋友」的作業簿，但是從國中之後便不再出現。也就是說，一進入暑假朋友的數量立刻歸零。換個帥氣的說法，即為「**Friend/Zero**」。既然登場人物很少，作畫上想必是輕鬆愉快。

目前小町正在進行的作業是讀書心得。

我就讀過的國中，亦即目前小町就讀的國中沒出多少暑假作業，只有英文和數學的習題、國文的漢字練習、自由研究（註1），以及作文或讀書心得擇一。

小町發出低吟，停下手中的筆桿，我則在旁邊看著，同時啜飲冰得透徹的MAX咖啡。煉乳特有的甘甜殘留在喉嚨，逐漸擴散到腦部，這可是其他咖啡歐蕾學不來的。另外，我也很推薦將MAX咖啡淋在刨冰上。

大人也有撒嬌嘴甜的時候，喝咖啡當然選MAX咖啡。

我在腦中設計一段最近很流行的祕密行銷（註2）。不過，我既然沒有得到任何報酬，便不算是祕密行銷。

桌上攤開一堆書本和資料，這種不管三七二十一，先把所有教科書通通打開的

註1 長假期間常見的作業。由學生自定研究題目（以自然科學類為主），自行蒐集資料寫成報告。

註2 指透過包裝或偽裝，讓消費者在沒察覺是行銷的情況下行銷。

壞習慣，完全是不會念書的人特有的寫照。

我從那堆書本內抽出一張被埋住的紙，快速掃過上頭的內容。這張紙的標題是「國三暑假作業」，底下列出小町要做的作業項目，實際內容則如同先前所提。

我的視線停在其中一行字上。

「其實妳不一定要寫讀書心得啊，一般作文也可以。」

「咦？」

小町抬起頭，半撐起身體看向我手中的資料。

「妳看，上面是寫讀書心得或以『稅賦』為題的作文。」

一般而言，不擅長寫讀書心得的人首先便不喜歡閱讀，不喜歡閱讀的人自然也不會寫文章。小町正屬於這種人，平常不但不看書，除了手機郵件之外也幾乎不寫文章。

對這種人來說，不用看書即可直接寫的作文，難度當然比較低。

「可是，小町對『稅賦』不太瞭解……」

「妳等等，我國中時好像也寫過這個。」

我在桌上的紙箱內翻找。這個箱子是我的回憶膠囊，媽媽把我過去寫的作文、自由研究、相簿等雜七雜八的東西，通通整理到這個紙箱裡，現在是因為小町要抄我以前的讀書心得而再次登場。

我在箱子裡翻來翻去，終於發現一張很眼熟的紙。

「是這個嗎？」

「小町要看、小町要看！」

小町迅速湊過來抓住我的手臂，拿起我手上的稿紙。

我對稅賦的看法

三年三班 比企谷八幡

累進稅率是萬惡的課稅制度。

賺很多錢的人得繳很高的稅，而且得到的回報趨近於零。這正是所謂多賺多繳、越努力工作反而得繳越多稅，然後也沒有特別得到什麼。

換句話說，工作就輸了。

如果累進稅率的目的是讓每個人的幸福均等，我只能說，這是再愚蠢不過的制度。大家擁有的幸福本來便不可能均等，更何況單從金錢面衡量幸福與否，實在是膚淺又欠周延。我認為政府應該評估追加「現實充累進稅率」制度，依照朋友和戀人的數量來課稅。

她才看完開頭部分，便輕輕折起稿紙，嘆一口氣之後認分地說：

「小町還是寫讀書心得吧。」

「喔，這樣啊……總覺得，有點抱歉……」

「不，小町才覺得抱歉……」

電風扇繼續發出嗡嗡聲，喀噠喀噠地兀自轉動。

這時，外面的油蟬忽然開始鳴叫。

「……不然，自由研究的部分我來幫忙，如何？」

「嗯，小町會不抱期待地等著。」

說實話，作業這種東西如果不是由本人寫，便沒有什麼意義。我之所以會幫小町到這種地步，並不只是因為她很可愛。如果可愛是唯一的理由，我頂多願意幫忙到讀書心得這個部分。

「唉……得趕快寫完作業才行，後面還有升學考試在等著……小町快要念不完暑假結束後的模擬考範圍啦～～」

「那是因為妳平常一直積著不念吧？」

「所以說小町有好好在累積啊。」

「那是積讀（註3）跟堆積的遊戲軟體吧……」

那不只是累積，已經達到爆滿狀態。

真難想像這種人竟然是考生。

「我姑且問一下，妳是真的打算考我念的這間高中嗎？」

我妹妹是個笨蛋，而且是徹頭徹尾的超級大笨蛋。這點完全無庸置疑。

註3　指買了書卻不讀而越積越多。

「真的啊，不然小町根本不會抄哥哥的作文。」

她的語氣相當認真，但那不是請求別人幫忙時應有的態度。雖然這一點不重要。也罷，至少她還有那份心，但現在的問題在於她的成績。

「不過，妳的在校成績都在一百名上下，野心未免太大。」

「小町就是想要念跟哥哥一樣的學校嘛～」

「……」

此刻，我不禁覺得一陣感動。平常對我未抱持半點敬意的妹妹，總會在不經意間流露溫暖的手足之愛。我的眼角發燙，一滴雨水就要從一片空無中落下——

「聽說如果在同一間學校說自己是哥哥的妹妹，對照之下，小町便會變成超級乖寶寶喔！小町進入國中時，也因為哥哥在校內的形象正好跌到谷底，因而得到非常高的評價，都快被比喻為天使了！小町簡直是天使！」

這個報考動機真是差勁。

「……喔，原來是這樣。」

她哪裡是天使？根本是惡魔！Clash Devils！小町簡直是惡魔！

「那好，妳就試試看吧。」

「嗯，小町會加油的。」

小町回答後，再度拿起自動鉛筆抄寫作業。這明明是讀書心得，她卻拿出空白稿紙抄寫……妳好歹先把書看完好不好？難不成妳是每次有新動畫開播，便得意洋洋地發表「這部動畫太爛，我連片頭曲都沒聽完就關了」或「這根本是垃圾，我連第一段都沒看完就關了」的那種人？

我走到書櫃前，尋找夏目漱石的《心》這本小說。前一陣子出版社請知名漫畫家繪製新裝版封面，於是我也買一本。光是換個封面即可刺激銷售量，可見外觀果然占據輕小說九成分量，雖然夏目漱石並非輕小說作家。

我的手指滑過成排書背時，視線突然停在《科學魔術~讓你現學現賣的宴會表演~》這本書上，彷彿能想見老爸當年還是個底層上班族時的煩惱。

世界上最沒有自由的人種，莫過於階級社會中的自由人。他們肯定會被要求在尾牙上表演才藝或什麼有趣的玩意兒，才買這種書。至於我呢？反正本來便不可能受到邀約；即使受邀參加，也會因為從頭到尾都悶不吭聲，從此不再出現在受邀名單中，所以不用擔心這種問題。什麼尾牙嘛，不要隨隨便便忘記（註4）！還有，也請不要把我忘了。

不過，這本書或許能在小町的自由研究中派上用場，於是我先向老爸借用一下，再抽出擺在下面一層的《心》。

「拿去，至少看過再寫。」

「唔~~~」

小町心不甘情不願地接下書，看她確實翻開來閱讀後，我也把視線移到手中這

註4　尾牙在日本稱為「忘年會」。

本科學魔法什麼來著的書上。

我迅速翻過一遍，裡面介紹的才藝不外乎在香菸裡塞牙籤，點燃後不會掉菸灰，或是把鈔票泡進酒裡點火，只有酒精會燃燒，鈔票仍完好無缺之類的。其實仔細想想，即使我學會這些表演，也沒有機會用到。

不過單元間穿插的科學小常識倒是滿有趣，我一不小心便看得入神，如同整理房間時一定會發生的情況。

忽然，一陣「呼……呼……」的規律呼吸聲傳入耳中。我瞥向小町，發現她已經點著頭打起瞌睡。考生真辛苦。

我把電風扇調弱，拿起沙發上的毯子，輕輕披上小町的肩膀。

加油吧，小町。

×　　×　　×

七月已經結束，戶外的油蟬正在高聲合唱。

為了減輕小町的負擔，我偶爾也該幫忙做一點家事，於是外出幫家裡買東西，同時順路去找一些可以用於自由研究的書，例如《牛頓》、《科學》、《MU》（註5）等等。

註5　日本的神祕學雜誌，主要內容包括飛碟、外星人、超能力、未確認生物。

柏油路面在蒸騰的暑氣下產生折射。

午後的街道淨是蟬鳴和往來的車輛聲，幾乎沒有什麼行人。畢竟住在這一帶住宅區的人，應該不會挑最熱的時段外出。

哎呀，失策，我也應該等晚一點再出門。都是因為太久沒出門，才讓我連這一點都沒注意到。

說到我今年的暑假目標，是盡可能不要踏出家門。

夏天之所以要放長假，即是因為這段時間實在太熱。

這項前提不可撼動，證據在於北海道到了夏天依然涼爽，暑假因此跟著縮短；相對的，在寒冷的冬天則能享受漫長的寒假，由此可以得證：假期長度會受氣候條件影響。

既然暑假的用意是讓大家躲避熱浪，依循這個初衷，我們便不應該外出。在這段期間出門遊玩，可是踏到法律的灰色地帶喔！

像我這樣既有禮貌又守規矩的模範生，當然會乖乖關在家裡度過暑假。等一下，別叫我真實版自閉男……好啦，其實也可以，反正我國中時就被人私下這樣叫習慣了。

但如果是為了可愛的妹妹，我多少還是會外出一下。為了愛，我也是迫不得已。

來到站前一帶，人潮便開始增加。我在公車站牌稍微等待，搭上車一路晃到車程十分鐘外的海濱幕張。

如果是要張羅食材，我大可在附近的超市採買；不過要買書的話，還是去有大書店的新都心比較方便。

到了夏天，海濱幕張各處皆非常熱鬧。這裡有SUMMER SONIC，晚間的職棒比賽會施放煙火，再加上這裡靠近海邊，海上運動更是非常熱門。可惜這些活動通通與我無緣，我只會為到哪裡都得人擠人感到煩躁。

我消除自己的存在感鑽進人潮。另外還有一種說法，是我本來就沒有存在感。

話說回來，身處在大批人潮中，反而比獨自一人時更覺得孤獨。看來評斷孤獨與否的依據，並非周遭的人口密度，而是個人的精神狀況。不論其他人跟我們靠得多近，只要不認同對方和自己屬於同類，便無法滋潤內心的渴求。

朋友、家人、戀人們成群走在一起，步伐特別緩慢。不知是因為他們一直在意著身邊的人、分心在對話上頭而不好好走路，還是希望多享受一會兒共處的時光。

啊啊啊～那邊那三個人，不要並排走在一起好不好？你們是3—5—2陣式（註6）的後衛嗎？是想防守得多牢固？

我發揮夢幻足球手的機動性，迅速穿過那三人身旁。這次換成四個穿著制服的女高中生形成十字聯防擋住去路，不過她們有的發出誇張的爆笑聲，有的邊走邊聊，速度非常緩慢，所以我能輕輕鬆鬆地超越她們。

註6　指三名後衛、五名中場、兩名前鋒的足球陣式。下一段的「十字聯防」亦為足球戰術的一種，此種陣勢特別強調防守。

你們欠缺的是熱情思想理想思考典雅優雅勤勉！最重要的是——你們太慢了（註7）。

我暗自在心中發著無用的牢騷，同時快步穿過路上悠閒自得的人群。既然一個沒有朋友更沒有女朋友的獨行俠能在風中昂首闊步，只要他稍微運用想像力，整個世界將成為一座遊樂場。

男生獨自走在路上時，十之八九都會抱持這種想法。

真的非常愉快喔！

我在腦中進行特訓，使自己無論何時被捲入戰亂中都能活下來，走向充滿暢貨中心、各種商品專賣店的強化版購物區——PLENA幕張（註8）。

正當我漫無目的地閒逛時，視線突然捕捉到一件螢光綠的運動衫。我認得那件運動衫，那是大家平時在體育課穿著的衣服。

所以是同一所高中的人囉？盡量別跟他對上視線好了……我打算移開目光，但眼睛不聽使喚，甚至連整個身體都轉向對方。

若要一言以蔽之——沒錯，這就是命運。

他留著一頭柔順的秀髮，白皙的四肢在陽光下顯得耀眼，背好球拍袋時輕輕吐出的氣息飄入空中、化為一陣風。

註7　這一段出自《超能奇兵》台詞。
註8　位於海濱幕張站旁的購物中心。

那是戶塚彩加。他沒注意到我，而是對自己的身後感到在意而轉過頭。喂，你是那個回頭張望的美女（註9）嗎？

有那麼一瞬間，我以為那是路上裊裊升起的折射產生出的幻影。

這一刻，原本讓我心生厭煩的群眾迅速退為背景，整個世界彷彿只剩下我跟戶塚。我的嘴角不禁泛起笑意。

我深信，不論身在何處，我都一定會找到他。

「戶——咳咳！」

原本要說的話突然梗在喉嚨，最後我只發出一陣怪異的嘆息。旁邊的一家大小對我投以詭異的眼神，接著快步離去。

有個人影用力揮手向戶塚跑去，於是我只能默默看著他們。那個男生穿著跟戶塚相同的運動衫，背著相似的球拍袋。

眼見他們那麼要好，我無法喊出聲。在這種情況下，我當然會發出詭異的嘆息。

對方大概是錯過約定的時間，稍微向戶塚合掌道歉。戶塚則輕輕搖頭，露出從我身處的遠處也看得很清楚的害羞笑容。他們短暫交談幾句後，一起走進暢貨中心。

我目送他們消失後，繼續往PLENA幕張踏出腳步。

接下來好一陣子，我的大腦完全停止運作，雙腿也只是機械性地動著。

社團活動……對喔，戶塚在社團裡想必也有朋友。而且現在正值暑假，參加社

註9　浮世繪畫家菱川師宣的作品。

團活動並不奇怪，回家的路上再繞去什麼地方逛逛更是理所當然的事……是啊，對朋友展露笑容是一件很正常的事。

不知從何時開始，我竟然產生「只有自己才跟戶塚要好」的想法。不論是小學還是國中，會對我說話的人通常都跟大家處得很好，朋友也很多……即使我認為對方是朋友，對方也不見得如此認為；就算我視對方為最重要的朋友，對方也不一定認為我是他最重要的朋友。

這些事情明明很常見……可惡，怎麼可以因為這樣便動搖？難道我的心靈跟豆腐一樣脆弱不成？淋上醬油應該滿好吃的。

我好不容易踏上電扶梯，整個身體靠向扶手。現在可以暫時放空，任由電扶梯把自己運上樓。

搭乘的途中，下樓的電扶梯上出現一個熟面孔。

在我認識的人當中，只有那個白痴會在大熱天披著大衣。他真的算是我認識的人嗎？我常恨不得假裝不認識那個傢伙。

材木座的身邊還有兩個人，他們正融洽地交談，看來是一起打電動的夥伴。我在此節錄一段他們的對話：

「聖靈否？」（翻譯：再來要不要去遊樂場玩「聖靈之心」？）

「然。」（翻譯：好啊。）

「加。」（翻譯：我也要去。）

「ACE否？」（翻譯：去ACE那間遊樂場如何？）

「犧牲。」（翻譯：ACE太遠了，沒辦法。）

「元帥想睡。」（翻譯：我想睡覺，而且好麻煩。）

「垃圾。」（翻譯：你們太沒有幹勁。）

「完全犧牲。」（翻譯：這完全是犧牲呢。）

「犧牲否？」（↑我聽不懂這句話。）

我隨意聽幾句，發現這段對話幾乎是由他們三人才理解的語言構成。不要只用單字對話好不好？你們被日文的曖昧性洗腦過頭啦！

見他們聊得興高采烈，我不好意思打斷；而且，要是別人把我跟他們當成同一夥，也有失我的顏面，所以我裝作沒看見材木座。然而，在雙方擦身而過時，材木座還是敏銳地察覺到我的存在，轉過來跟我對上視線。

「喔？」

「呼啊～～」

他開口的一瞬間，我迅速撇過頭作勢打呵欠，委婉地告訴他「本人正在打呵欠，根本沒有注意到你」。我最擅長用這種方式蒙混過去。

兩邊的電扶梯不可能停下，反而加速拉開我跟材木座的距離。於是，我們雙雙從對方的世界中消失。

電扶梯抵達三樓後，我隨著人潮進入書店。

我老早便把各個書架的位置牢記在心，根本不需要東張西望。

進門後的右手邊是漫畫區，往裡面走是輕小說區；隔著走道的另一側是一般小說區，背後則是文庫本區。呵，完美……等等，自然科學類的書在哪裡？

我平常沒接觸那個類別的書，因而一下子找不到位置。沒辦法，人類只會在意自己有興趣的東西嘛。

我不可能向店員詢問，只能自己到處尋找。沒有啦，我才不是沒有勇氣向店員開口，只是替他們著想，不願意為這點小事勞煩他們。

反正這間書店不大，走完整間店不用花費太多時間。

「…………」

我在書架間閒逛時，察覺到某種視線。難道是便服警衛不成？您誤會了！這本有點色色的書是……暑假做自由研究要用的！我認為好色是不對的（註10）——我擬好為自己辯解的說詞，同時轉過頭，結果跟一個意想不到的人物對上視線。

對方肩披防曬用的開襟背心，裙子下穿著內搭褲，打扮比平時的制服裝扮更顯朝氣；身上的腕錶和皮包等配件則增添高雅氣息，讓她不失端莊。

她是雪之下雪乃，我參加的「侍奉社」之社長。印象中她住在這一帶沒錯，今天應該是來逛書店吧。

「…………」

註10 此為《魔力女管家》女主角麻幌的台詞。

「…………」

我們默不作聲，彼此對望兩秒左右。這段時間相當足以讓我們認出對方。

雪之下把手中的書放回架上，逕自走出書店。

完☆全☆無☆視☆我！

她的一舉一動毫不矯揉造作，喂喂，那何止是無視，甚至達到「懶得理你」的境界，如同當年日本政府無視波茨坦宣言。這起事件絕對夠分量寫進歷史課本中。

兩人明明對上視線，而且相距不到一公尺，她卻照樣不理不睬。此刻，我突然覺得平時在班上遭受的無視根本不算什麼，畢竟班上同學是因為不認得我才不理我嘛……但這樣很悲哀。

不過，那正是雪之下的作風。

我不禁露出苦笑，看向前一刻雪之下佇足的書架。那裡似乎是寫真集專區，難道雪之下有喜歡的演員和偶像，會看他們的寫真集？想不到她擁有少女的一面呢。

我一邊如此心想，視線一邊掃過書架，發現這裡都是動物寫真集，其中特別突出的一本是以貓咪為攝影主題。妳快點養隻貓吧！

× × ×

我在書店挑選幾本可能對自由研究有幫助的書，也買一些自己的東西。

手上的提袋沉甸甸的。

……雖然說是暑假期間，但好像還是買太多了。

放暑假之前，學生們總會在腦中規劃一大堆計畫（約四個月的量），例如讀完司馬遼太郎的所有著作、把玩到一半的遊戲破關、打工、獨自出去旅行等等。

然而，正式進入暑假後的情況卻是：「放心吧，還有整整一個月」、「沒關係，兩個星期便綽綽有餘」、「一個星期很夠了吧」、「咦？只剩下三天」，時間毫不留情地迅速流逝。

我離開購物中心，再度曝晒在陽光下。

太陽逐漸西沉，但氣溫仍然很高，溼黏的海風撲面而來。現在正值盛夏時節，不過因為這裡是海埔新生地，再加上高樓大廈林立，所以聽不到什麼蟬聲。走回公車站牌的路上，我的手掌不斷滲出汗水，於是我重新把提袋拎好。

既然買這麼多書，接下來至少可以享受一段愜意的閱讀生活。暑假有一個好處，就是有時間一口氣讀完整部大長篇作品。我個人推薦《德爾菲尼亞戰記》（註11）、《十二國記》和上橋菜穗子的《守護者》系列。

暑假的意義不光是一群人玩得瘋瘋癲癲。

為什麼說到暑假，大家便只想到大海、游泳池、烤肉、祭典和煙火？

一個人待在涼快的房間內看書，一個人洗完澡後光著身體吃冰、痛快地大喊

註11　茅田砂胡的長篇奇幻冒險作品。

「呼啊」，一個人偶然在夜裡發現夏季大三角、獨自點燃蚊香，或是聽著風鈴聲陷入昏昏欲睡的狀態，在在都是美好的夏日回憶。

夏天還是一個人比較好，一個人就夠了，何況天氣熱得要命。

今天世界依舊正常運作，完全不受我的影響。

即使自己不身處這個地球，它照樣會繼續運轉。我清楚感受到這一點，暗自感到安心。

不覺得「無可取代的事物」很可怕嗎？一旦失去，可是會造成無法挽回的後果。那些事物絕不能有任何閃失，而且弄丟之後再也無法取得。

所以，我反而很滿意由自己所構築、稱不上人際關係的人際關係。要是發生什麼事，隨時都能輕易切斷，也不會傷害任何人。

我是以不觸碰、不介入的原則，跟她——

「咦，自閉男？」

熙攘的人群中，傳來某人清晰的說話聲。那聲音小得有如自言自語，但我還是確實聽到了。該不會是因為我正好在思考她的事情吧？

兩名少女迎面走來，我本來很自動地要從她們身旁繞過去，但我發現其中一人是由比濱結衣。她頭上依舊頂著一顆丸子，上半身穿著黑色小可愛、白色鏤空外套，下半身是一件熱褲和羅馬鞋，全身上下都是夏季裝扮。

「嗨……」

「嗯，好久不見。」

我簡單回應一下，由比濱立刻高興地露出笑容。

三浦優美子在她的身後探出臉，這兩人大概是相約外出遊玩。三浦不只在二年F班，在總武高中內同樣穩居校園階級的最頂層，所有男生都對她抱持恐懼，可說是「獄炎之女王」。

三浦身著華麗的迷你連衣裙，大方秀出自己的背部，隨著她每走一步，腳上的高跟涼鞋便不悅地喀喀作響。

她瞪過來時，我發現她的眼睛呈現一片濃黑色，不知道是上了睫毛膏、眼影，還是畫了眼線，變得很像迪斯多蘭（註12）。奇怪，今天白天也有比賽嗎？

「喔，是自閉鬼啊。」

那又是什麼新稱號……

三浦的稱呼方式，有種把我當成超級大白痴的感覺，但事實並非如此。那群位於校園階級頂端的男男女女，通常不會對階級較低的人懷有什麼惡意——不，何止是惡意，應該說是根本沒有興趣。人類習慣對不感興趣的事物採取冷淡的態度，即是這個道理。

「結衣，我去跟海老名講電話。」

她不等由比濱回答，逕自走向幾步之外的陰影處。她對我沒有任何興趣，自然

註12 古巴出身的職棒選手奧雷斯帝．迪斯多蘭，曾效力埼玉西武獅隊。

不想跟我有所牽扯。

上層階級者大可省事，不跟其他階級的人接觸。因為貫徹這種階級制度，有助於避免紛爭。

大部分的是非都來自階級間的鬥爭，越是把不同世界的人劃為同一類，越容易發生爭端。如果一開始徹底做好隔離，根本不會產生麻煩事。

三浦靠上牆邊開始講電話後，由比濱對我開口證實：

「我今天是跟優美子他們出來玩，自閉男你呢？」

「嗯……購物？」

我稍微提起手上的袋子給她看。由於我已經很久沒跟家人以外的對象交談，現在沒辦法說出超過一個文節（註13）的句子。

「這樣啊，沒有約其他人出來玩嗎？」

「沒有。」

「為什麼？現在是暑假耶。」

果然出現這種問題，會自然而然地認為「放假就要出去玩」真是可怕。妳是不是得了不把記事本裡的行程表填滿便渾身不對勁的病？

雖然我腦中接二連三冒出一堆句子，但嘴巴完全跟不上。

「放假，當然要休息。」

註13　日文中構成句子的最小單位。

好，總算擠出兩個文節以上的句子，對話能力終於漸漸恢復，但要是我現在急著講出三個文節以上的句子，可能會變成咕呵呵的笑聲，所以不得不小心謹慎。

「……你是不是心情不好？」

由比濱不安地問，大概是看我不怎麼說話而擔心。但是很遺憾，如果她當真感到擔心，根本不應該問本人這種問題。

「沒有啊，我很正常。」

我如此回答，但她疑惑的眼神並未消失。

……好吧，說不定我的態度的確跟平常不太一樣。

我現在對由比濱抱持戒心。可能是因為彼此間的關係重新來過，使我頓時搞不清楚該如何跟她保持距離。

我盡量用輕鬆的口吻說話，回想平常是如何與她互動。

「……天氣一熱，我就會像這樣子，大概是變得懶散吧。妳想想，天氣一熱電車鐵軌不是也會變形嗎？連狗都累癱（註14）了。妳有沒有聽過熱膨脹？」

「跟狗有什麼關係？不過我家的狗的確滿長的。」

「那就有關係啦……對了，妳家的狗叫什麼來著？每次都能上壘的三……三郎？」

「是酥餅啦！」

註14 原文為「伸びる」，同時有「累癱」和「伸長」的意思。

喔，原來是酥餅（註15），三郎是職棒選手才對。他在今年回到千葉的羅德海洋隊，我非常期待他的表現。

話說回來，狗的身體跟舌頭真的可以伸很長，不過身為千葉縣吉祥物的那隻狗一年到頭都伸著舌頭，還是趕快收回去吧，小心乾掉。

「自閉男，你是夏天出生的，怎麼還這麼怕熱？」

我聽由比濱這麼一說，不禁用手遮住嘴角，作勢跟她拉開距離。

「……妳怎麼知道我是夏天出生的？難道是跟蹤狂嗎？」

「那是什麼啊？模仿小雪乃？有點像呢！」

由比濱大笑出聲。如果雪之下在現場，我們兩個肯定會沒命。

模仿得真像嗎？不枉費我每天洗澡時對著鏡子練習。不過我這是在做什麼？

「好啦，妳到底為什麼知道我的生日？很可怕耶。」

「上次大家去KTV時，你自己跟我們說的啊。」

「笨、笨蛋！那才不是要對你們說！我一點也沒有不經意地告訴戶塚的意思！」

「原來你的目標是小彩？」

由比濱對此感到震驚。不然她以為我還想告訴什麼人？

「言歸正傳，夏天出生的小孩都備受呵護，從小便生活在有冷氣的地方以免中

註15　酥餅的日文為「サブレ（法文為Sablé）」。大村三郎的登錄名為「サブロー」，曾一度轉隊至東京讀賣巨人隊，於二〇一二年又回到原屬的千葉羅德海洋隊。

暑，所以現在才這麼怕熱。」

「喔～～原來如此。」

她發出「嗯、嗯」聲表示理解。我隨便瞎掰一個理由，結果對方竟然輕易相信，反而讓我不知該做何感想。

「啊，既然你的生日快到了，我們來辦一場慶生會吧！」

「不，不用，我不需要。」

「連想也不想就立刻拒絕啊？而且還強調三次！」

「不……女生是沒什麼關係，不過高中男生還辦慶生會實在太丟臉，我辦不到。」

而且，我不知道到時候該用什麼表情面對大家，露出笑容嗎？

國中時，我以為大家會幫我準備驚喜派對，還特別練習大吃一驚的表情，但自從發現不可能有那種事後，便不再練習。

「嗯……不喜歡慶生會的話，跟大家一起去玩如何？」

「『大家』是指誰？」

如果不先問清楚，後果可能會不堪設想。特別是剛進入新學校時，受較常聊天的同學邀請出去玩，經常到現場才發現幾乎沒有認識的人。再加上這是入學後的第一個活動，不多跟大家交流，很快會轉進獨行俠路線。因此學生時代的「大家一同出遊」其實是一種測試，有沒有受到邀請即為第一關，實際參與活動的表現也將被打分數。

「小雪乃、小町還有小彩這些人吧。」

哎呀～材木座在第一關就被淘汰！

不過，這是理所當然的。換作是我，我也會第一個剔除他。

我沉默數秒不回答。

「不、不喜歡的話……兩個人也可以……」

由比濱食指相抵，抬起眼睛打量。我看著她的雙眼，感覺心跳逐漸加快，於是立刻別開視線，把頭往上抬。

「我完全不會不喜歡，反而覺得不錯——尤其是戶塚的部分！」

「你到底有多喜歡小彩？」

「我、我才不是喜歡他呢！只是有點興趣而已！」

「那不是跟喜歡差不多嘛！」

由比濱抱頭哀號。

呼……一不注意便會被她的步調影響，為了避免誤會而刻意保持距離真辛苦。

不過，跟戶塚出去玩倒是個好提議。何況今天難得遇到他，卻沒機會打招呼。

可惡！八幡你這沒用的東西！蛆！水綿！

「好啦，我們要做什麼？」

聽我這麼問，由比濱興奮地回答：

「煙火大會！大家一起去看煙火！」

「從我家便看得到羅德海洋隊施放的煙火，我不想再特地跑出去。」

「太自我中心了！」

她對我用力一指，發出沉吟聲開始動腦筋。

「不然，試膽大會！」

「幽靈很可怕，我不要。」

「這是你的理由？」

千葉的靈異景點可不是鬧著玩的，要是深夜在網路上看到那些內容，真的會嚇到睡不著覺。雄蛇池、東京灣觀音、八柱靈園，以及這附近某大學前的刑場遺址、某無線電廠遺址……即使會發生戶塚緊緊抱上來這種好事，我自己也很可能被嚇得魂飛魄散。

由比濱再接再厲，一點也不氣餒。

「那、那那那……海邊或游泳池？」

「……不、不要啦，總覺得……不太好意思。」

「嗯……其實，我自己也不太好意思……」

她扭扭捏捏，害羞地垂下視線。我說妳啊，既然會害羞就別說出來好不好？連我都跟著害羞起來。

「沒有其他選項嗎？」

「我想到了，去露營！」

「絕對不要，那裡到處都是蟲子。我實在是拿蟲子沒轍，抱歉。」
「怎麼那麼任性！真是沒用！算了，不理你啦！大～～笨～～蛋～～～」
由比濱搬出她少得可憐的字彙庫數落我一頓，氣呼呼地轉身離去。
「……其實不需要非得跟夏天扯上關係啊。」
這時，由比濱倏地停下腳步，再度轉回頭，她原先的怒氣已經消散，臉上換上淡淡的笑容。
「這樣啊……也對，那麼再聯絡囉！」
「嗯，到時候再跟我聯絡。」
對話結束後，她再度轉身跑向三浦。三浦似乎等得不耐煩而不太高興，不過由比濱雙手合十、拚命賠不是後，心情便好轉，開玩笑地敲一下她的頭，然後兩人一起邁出腳步。
我目送她們離去，自己也踏上回家的路。
積雨雲在空中堆得好高好高，呈現一片茜紅色。
涼爽的風吹起，正好為我發燙的腦袋降溫。我決定慢慢散步回家，順便納涼。
黃昏時刻的天空混雜著靛藍和茜紅，看來在兩種顏色完全分開之前，還得等上好一段時間。

2 無論如何都逃不出平塚靜的魔掌

蟬聲從一早開始便沒停歇過。

電視正在播報今天是入夏以來的最高溫，不過你們是不是每天都說同樣的話啊？還有，為何明明是「十年才出現一個」的逸才，卻每年都會冒出來？

我再也受不了這種酷暑，索性關掉電視，躺進沙發玩起掌上型遊戲機。

今天依然是個足不出戶，在家裡東摸摸西摸摸的日子。小町正在自己房間用功，所以客廳裡只有我一個人。

從暑假開始到現在，時間還不滿兩個星期。

我今年的暑假生活跟往年並無不同，每天睡到日上三竿才起來，打開電視看看「寵物百科」、「暑假兒童動畫展」，然後心血來潮去書店逛逛。下午則是看書、打電動，還有用功。我很滿意這樣的日子。

對獨行俠而言，暑假是難得的解放區。這跟《天使禁獵區》沒有關係。

即使我渾渾噩噩地度過一整天，也不會妨礙到任何人。話雖如此，我平常即不跟人打交道，所以從來不會造成麻煩。真是太乖巧了。

總而言之，只要來到暑假，沒有任何人能控制我。

沒錯，我是自由之身，用英文來說為Freedom，是個鋼彈。我──我們是鋼彈！

「什麼事都不用做」這點實在很吸引人，這代表自己生活的世界不缺任何東西。不過打工時聽別人對自己說「那個……你什麼都不用做」卻會感到不悅，這又是為什麼呢？最後我因為心靈過度受創而辭職不幹。

說到打工，我已經辭掉打工好一陣子。

我加入侍奉社之前，其實滿常打工的。不過在大部分的打工經驗中，一起工作的同事都已建立起人際關係，我沒有辦法跟他們打成一片，大約做三個月便會離職。辭職之後再回去交還制服是一件麻煩事，所以我都用收件人付費的方式寄回。

這樣一想，侍奉社實在剝奪我相當多時間。不過放暑假後，他們也拿我沒轍，哇～～哈哈哈哈哈哈！

正當我得意地大笑時，手機發出鈴聲。又是亞馬遜傳的簡訊嗎？大概是之前訂的商品從千葉縣市川市倉庫送過來了。

我拿起先前扔在桌上的手機，看到畫面上有一封郵件。

寄件人是平塚老師。

於是，我關閉郵件畫面。

呼……這樣就安全了。等到深夜再回覆她「對不起，手機沒電～」或「我這裡收不到訊號」即可。對方見到這樣的回覆，想必也無法責備什麼。這是我的親身經歷。國中時，我曾鼓起勇氣傳電子郵件給女同學，有四成機率會得到這樣的答覆。順帶一提，另外有三成機率是收不到任何回音，剩下三成是收到MAILER-DAEMON（註16）這個外國人的來信。努力果然不會有好事。

我抱著完成一件大工程的暢快感躺回沙發上，解除遊戲機的睡眠模式。

現在最新的掌上型遊戲機都有睡眠模式，這個設計實在很貼心，因為我們可以藉此更加善用時間。但是機器太過先進，附加一堆令人搞不懂的功能也會造成困擾。連線功能不需我再贅言，還有那個標榜背板可以觸摸控制的機種，完全讓人摸不著頭緒，我只聯想到一些下流的字眼。

我的手機再度響起。

吵死了，這次是來宣傳漢堡在打折嗎？我起身去拿手機，鈴聲在這段期間一直持續著，看來是有人打電話給我。

從先前收到簡訊的時間差推測，八成是平塚老師打來的。學生接到老師打的電話時，通常不會感到高興。關於這點，我當然一樣。

何況，我已經忽略前一封郵件，現在接起電話反而會挨罵，所以我選擇繼續不

註16　郵件傳送失敗，系統自動回覆的訊息。

理會。不久之後，鈴聲終於中斷，看來老師放棄了。

然而，安心只持續一瞬間，接下來我的手機在極短時間內湧入一堆郵件。

好可怕！老師該不會也對男朋友做過這種事情吧？

由於郵件數量太多，我只好戰戰兢兢地打開來看。

位於資料夾內最上層的那一封是最新訊息。

寄件人：平塚靜

標題：我是平塚靜，看到郵　件後請跟我聯絡。

內文：比企谷同學，我要盡快通知你暑假期間的侍奉社活動，請即刻與　我聯絡。難不成你還在睡覺（笑）？　剛剛我已經傳好幾封郵件，也打過好幾次電話，其實你都知道吧？

都知道沒錯吧？　快　接　電　話（註17）

好可怕！嚇死人了！我的心理好像出現輕微創傷！

我似乎能多少明白平塚老師為何一直結不了婚。真是的，那個人到底有多喜歡

註17　本封信中的不規則空格為特有格式，最早出自日本2ch討論板內的一篇文章「和奇怪的女人上了賓館……」。

我？可怕，太可怕啦。

我往回查看較早的郵件，每封信的內容都相同，大意是要我們參加暑期志工活動。

這可不是開玩笑，一定得徹底裝作不知情才行。

我毫不猶豫地關閉手機電源，這種時候便覺得沒人會打電話找獨行俠真是一件好事！

好不容易放下心後，我看到小町從二樓房間下來。她大概是睡醒後一直沒換衣服，內衣之外只套一件我讓給她的T恤。

「休息嗎？」

「嗯，除了讀書心得跟自由研究，其他作業都做完了～～」

「辛苦啦。要不要來杯喝的？咖啡、麥茶，還是MAX咖啡？」

「原來咖啡跟MAX咖啡不同……那小町要麥茶。」

MAX咖啡不算咖啡，這可是基本常識。咖啡歐蕾跟MAX咖啡天差地遠，在我的認知中，前者屬於咖啡，後者屬於煉乳。

MAX咖啡乃走錯棚到咖啡界的產物。另外，走錯棚到輕小說界的產物則是GAGAGA文庫。

我走去廚房，打開冰箱拿出冰鎮的麥茶，倒出一杯給小町。

「來。」

「嘿～～」

小町雙手接過杯子，大口大口往嘴裡灌，然後「呼啊～」一聲過癮地喘一口氣，放下杯子。

「那麼，哥哥。」

這時，她的表情突然認真起來。

「小町已經很努力做作業。」

「嗯……是啊，雖然還沒全部做完。」

她還剩下讀書心得和自由研究，至於念書嘛……因為永遠沒有結束的一刻，所以可以算是結束。這正是黃金體驗鎮魂曲（註18）。

不過，念在小町這幾天便完成大部分的作業，姑且還是肯定她的努力吧。

「小町這麼努力，應該犒賞自己一下。」

「妳是在丸之內上班的ＯＬ嗎？」

「犒賞自己」這個詞有一種單身女性的氣息。這到底是怎麼回事？有那麼一瞬間，我依稀看見平塚老師的面容。

「總之，小町應該獲得獎勵，所以哥哥要跟小町一起去千葉玩。」

「妳的邏輯太跳躍了，跳得跟鳥人大賽的冠軍一樣遠。」

小町不悅地鼓起臉頰，看來我沒有拒絕的餘地。

註18《ＪＯＪＯ的奇妙冒險》第五部登場的主角替身。

「好啦，我知道了。妳想買什麼？不能選太貴的喔，我的錢包裡只有四百塊。」

「那連便宜的東西都買不起……不過，小町不是想要什麼東西，只要能跟哥哥一起出去就心滿意足了。啊，這句話讓小町加不少分數喔！」

「妳有完沒完啊……」

不過照這樣看來，小町不是想要我買東西給她，而是想出去玩轉換心情。既然如此，她大可找朋友一起去，但一群女生在千葉被搭訕也不太妙。事實上，千葉車站附近的鬧區，有些地帶即被稱為「搭訕大道」。我曾經在那裡遭受恐嚇，之後再也不敢靠近一步。

再說，如果有怪叔叔想跟她們一起玩，我勢必得讓自己的雙手染上鮮血。

所以還是聽小町的話比較保險。

「要出門是可以，不過妳先把衣服換好。如果妳直接穿那樣出去，我只好用雷射筆對付路上男生的眼睛。喔，這句話應該讓我加不少分數吧？」

「哥哥寵妹妹寵成這樣，其實滿可怕的，而且那種做法犯規。」

我可愛的小妹妹倒退兩步。

……是嗎？我還以為自己的名字是八幡，可以一口氣增加八萬分（註19）。我默默把這個雙關語藏回心裡，想不到小町的標準這麼嚴格。

如果你住在千葉又有妹妹，很可能成為妹控。沒辦法，誰教我的妹妹那麼可

註19「八幡」和「八萬」日文發音相同。

愛。我經常聽人抱怨他的妹妹一點也不可愛，沒錯，因為那是他的妹妹，當然不可愛。

「雖然不知道妳想去千葉做什麼，不過，兩個人一起去的話就沒問題。」

「喔喔，謝謝哥哥。那小町先準備一下，哥哥也換一件方便活動的衣服吧！」

方便活動？所以是去打洞嗎？等等，我們為什麼要去打洞？是打保齡球才對（註20）。

說到方便活動的裝扮，最好的選擇莫過於什麼都不穿，不知道那樣如何？小學時代的五十公尺賽跑，有傢伙說要發揮實力然後脫掉鞋子上場，那個人正是在下。

我換上T恤和牛仔褲，外面再披一件襯衫，接著穿上襪子。同一時間，小町啪噠啪噠地在家裡東奔西跑。

那傢伙到底在忙什麼？看上去好像一隻小動物，可愛度又提升不少。

我拿出看家本領發呆等待時，小町終於更衣完畢。她還是老樣子，直接當著我的面換衣服，不過這種場面我早已習慣，所以根本懶得注意。

「嘿～～咻。」

她站到鏡子前，俏皮地擺出招牌動作。好好好，很可愛、很可愛，可不可以麻煩妳快一點？

最後，她戴上一頂狩獵帽，轉頭對我說：「好，出發～～」

註20　打洞的英文為boring，日文發音和「保齡球」相同。

小町的雙手抱著兩個背包，背包內似乎塞得很滿，感覺十分有重量。我默默伸出手，小町有點開心地把一個背包遞過來。這點小事有什麼值得高興？妳跟最近的故事女主角一樣嬌弱無力嗎？

我們仔細檢查大門確實關好後，出發前往車站。

「背包裡裝的是什麼？氂牛還是役滿（註21）？」

我一邊走一邊指著背包向小町問道。小町輕輕將食指放到嘴邊說：

「是・祕・密♪」

她還不忘對我眨眼。

「妳煩不煩啊……」

「呵呵，Secret makes woman a woman……祕密使女人更有女人味喔，哥哥。」

「妳是雪莉嗎？那是看柯南學來的吧……」

兄妹之間有一個特色，在於把漫畫──尤其是小學時買的漫畫視為共同資產。如果是在男女間都擁有很高支持度的漫畫，這種傾向會更明顯，所以，提到相關內容時，我們都能馬上聽懂。

我看漫畫時，妹妹會湊到一旁；媽媽看到的話，還會要求我讓小町一起看。過去有一段時間，我戴耳機聽音樂時，她也要我把其中一個耳機分給妹妹聽。那是什麼白痴想法？我們又不是熱戀中的情侶，或是放學後載滿高中男生的電車……如果

註21 やくみつる，日本漫畫家。「やく」亦有氂牛之意。

海老名看到，肯定會噴鼻血。

小町一路上都在操作手機，我讓她走在道路內側，並且環視寧靜的四周。

燦爛的陽光灑滿通往車站的道路，行道樹恣意伸展枝葉，野貓在樹蔭下舒服地打盹。

附近的某處庭院，飄來蚊香的氣味和電視節目的聲音。

一群小學生騎乘登山腳踏車，興奮地從我們身旁呼嘯而過。我和小町不自覺地看著他們遠去，才重新邁開腳步。我放慢平時走路的速度，跟小町一起走向車站。

到達車站時，我正要走向剪票口，卻被小町拉住衣服。

「哥哥，這裡、這裡。」

「啊？去千葉不是應該搭電車……」

我回過頭，見小町指著另一個方向，接著被她拉往那裡。

結果，我們來到客運總站，眼前出現一輛神祕的廂型車。

駕駛座的門前有一個黑色人影，可以從凹凸有致的身材曲線輕易看出對方是女性。她把黑色長髮紮成馬尾，頭戴一頂卡其色帽子；上半身穿著黑色T恤，衣襬捲起綁成結，再搭配一件牛仔熱褲，腳上則是類似登山靴的運動鞋。在太陽眼鏡的遮擋下，我無法看出她的表情，不過當她看過來時，嘴角不懷好意地扭曲起來。

——我有一種不好的預感。

「……現在，讓我聽聽你不接電話的理由，比企谷八幡。」

對方摘下太陽眼鏡，朝我投以銳利的視線。不用說，這個人正是平塚老師。糟糕，她生氣了……

「沒有啦……我家中的收訊狀況很不穩定，那家電信公司的天線量可能跟社長的頭髮量有什麼關係，像鬼太郎裡的妖怪天線那樣。哎呀～我一直覺得他們的收訊品質跟公司名一樣軟趴趴的，要軟也軟錯地方了！在拓展版圖到出版領域前，先把通訊品質弄好吧（註22）！雖然我很喜歡他們出版的書。」

「哥哥，小心被消滅……會受到正義的制裁喔……」

小町擔心我的人身安全，要我別再說下去。放心吧，別看對方那樣，他算是個好人……應該沒錯吧？還有，別忘記改善你們的通訊品質。

「哼，夠了。反正我原本便不期待聽到像樣的理由……」

既然這樣，妳一開始就不要問好不好——我正要如此開口，平塚老師先帶著笑容繼續說下去，讓我失去機會。

「看你沒碰到什麼意外或被捲入什麼風波，我姑且不多加追究。過去發生過那件事，讓我有點擔心你的安全。」

「老師……」

過去發生過的那件事，是指我被車撞的交通事故。身為一名教師，知道學生曾

註22　這裡指的電信公司為SoftBank，他們於一九九九年創立SOFTBANK Creative跨足出版業。

遭遇事故是理所當然的。該怎麼說呢……老師真是個認真的好人。

「我透過各種方式聯絡上你妹妹，這才比較安心。」

「好恐怖……」

不論是怒濤般湧入的電子郵件，還是確認人身安全的方式，都太可怕了！那不是跟蹤狂使用的手段嗎？原來被人愛是這麼恐怖的事，我才不需要這種愛情！

「話說回來，老師找我們有什麼事？我跟妹妹正要去千葉。」

平塚老師聽到我的問題，訝異地頻頻眨眼。

「嗯？你還沒看我寄的電子郵件嗎？我們大家都要去千葉進行侍奉社活動。」

「什麼？」

印象中並沒有那樣的信件……大概是因為我一打開信箱看到那麼病態的郵件，便嚇得關掉電源吧。

我拿出手機，打算再看一次信箱。這時，背後傳來另一人的說話聲。

「自閉男，你好慢！」

我回過頭，看到由比濱拎著鼓鼓的便利商店塑膠袋站在那裡。她頭戴粉紅色遮陽帽，身上穿的T恤下襬很短，不禁讓人懷疑衣料是不是偷工減料，下半身則是一件熱褲，完全是在夏天生存所必備的行頭。但是，最近連小學生都不穿短袖短褲囉。

由比濱身後的陰影處，接著出現雪之下的身影。

她穿著立領上衣，下半身難得搭配牛仔褲。雖然外露的肌膚不多，但整體看來很清爽，散發出沁涼感。

「奇怪，妳們怎麼也來了？」

「這還用問？因為是社團活動啊。你不是也從小町那邊聽說了才過來嗎？」

由比濱一派輕鬆地答道。

哈哈……整件事越來越明朗。平塚老師想找我參加社團活動，但怎樣都聯絡不上我，所以改為聯絡由比濱，再跟小町取得聯繫。

可惡！真奸詐！竟然利用我對妹妹的愛，害我以為是她主動提出邀約而滿心期待。這不是徹底中計嗎？

可是，若問整件事中誰最奸詐，其實是隱瞞一切、直接把我拉出來的小町，真是可恨到可愛度比平常暴增一百倍。她再繼續可愛下去，可是會不得了的。

至於小町本人，她看到由比濱和雪之下，立刻神采奕奕地打招呼。

「嗨囉～～結衣姐姐！」

「嗨囉～～小町！」

妳們什麼時候開始流行那種打招呼方式？活像一對笨蛋，別再說了！

「嗨囉～～雪乃姐姐！」

「嗨……妳好，小町。」

雪之下也差點被牽著鼻子走，還好她在最後一刻控制住，但臉頰仍是迅速漲紅。

小町用力握住由比濱的手。

「謝謝妳們也請小町一起參加！」

「妳要謝謝小雪乃～～我也是從小雪乃那裡接到電話的。連妳一起找來，好像是老師的意思。」

嗯，所以全部順序是平塚老師→雪之下→由比濱→小町→我。

小町聽完由比濱的說明，馬上撲向雪之下。

「是這樣嗎？真是太謝謝了！小町最喜歡雪乃姐姐！」

雪之下見小町當面對自己說這種話，瞬間瑟縮一下。她稍微把臉別開，清了清喉嚨說：

「……不，其實……是因為我們需要一個看好他的人。」

是的，大家好，我就是雪之下所說的「他」，請多多指教。

「……所以這不算我的功勞，而是妳們平時的表現獲得認可。」

雪之下顯得很害羞，由比濱和小町見了，都露出憐愛的笑容。

不行，照這樣下去，小町會慘遭雪之下的毒手。由比濱早已沒救，但我希望小町可以走在正確的道路上，現在必須把她導回正途才行！

「小町，妳不用感謝雪之下，應該感謝我垃圾的程度讓雪之下判斷必須有妹妹協助才對。」

哼哼，說出口了，小町肯定會對我這個哥哥產生感謝、尊敬和愛意。

「…………」

「…………」
「…………」
然而，現場頓時鴉雀無聲，只剩下快速電車急馳而過的刺耳噪音。
正當在場所有人不知該說什麼時，雪之下卻輕輕笑起來。我突然想到，自己已經好久沒看見她的笑容。
「找小町一起來果然沒錯，他就交給妳囉。」
「小町想趕快將哥哥交接給別人啊。」
妹妹似乎快要放棄我了。
我趕緊抬起頭，以免淚水不小心流出來。此刻的陽光依然帶著暑氣，我對平塚老師問道：
「天氣這麼熱，我們不快點速戰速決嗎？」
「不用急，還有一個人很快就到。」
老師剛說完，便有一個人影步下車站樓梯，往我們的方向走來。我一看見他東張西望的樣子，立刻認出對方是誰。
接著，我下意識地舉起手。
對方發現了，因而快步跑過來。
「八幡！」
戶塚喘著氣，對我露出開朗的笑容。

那笑容比盛夏的陽光耀眼……但是，他也會對我以外的人露出那種笑容。一想到這裡，我便覺得胸口鬱悶起來，喉嚨的深處彷彿卡著某種物體，而且逐漸轉為痛楚，內心的傷口也一點一點開始化膿。

不過，只要看戶塚的笑容兩秒鐘，這些不舒服便通通消失。用英文來說，即為Smile、Pretty、Cure。戶塚真可愛，戶塚真的好可愛。

原本在我身邊的小町往前跳一步，對戶塚打招呼。

「嗨囉～～戶塚哥哥！」

「嗯，嗨囉！」

太可愛了，「嗨囉」要變成流行語才行！

「戶塚，你也有受到邀請嗎？」

「是啊，聽說人手不足。不過……我真的能一起去嗎？」

「有什麼不可以！」

我直接下斷言。

大家不過是要去千葉，他不需顧慮什麼。

平塚老師滿明理的，知道要找戶塚參加，做得好！這樣一來，所有人都已到齊……等等，「所有人」？

我四處張望一下。

「材木座呢？」

「……他是誰？」

雪之下疑惑地偏頭思考，平塚老師這才回答：

「嗯，我也有找他，不過他說格鬥遊戲比賽怎樣Comike怎樣截稿日怎樣的，所以不參加。」

喔喔，真的嗎？光是還有拒絕的選項，便教人羨慕不已。現在他應該跟打電動的夥伴玩得正愉快吧……但是，對一個立志成為作家的人來說，把截稿日放在最後順位是怎麼回事？

「好，我們出發。」

平塚老師一聲令下，我們準備坐進廂型車。打開車門一看，這輛車子可以容納七個人。

最前排是駕駛座和前座，最後排有三個位子，中間一排可以坐兩個人。

「小雪乃，來吃點心吧！」

「那不是到達目的地才吃的嗎？」

由比濱跟雪之下幾乎可以確定會坐在一起。

這樣一來……

喔？所以我要夾在戶塚和小町之間嗎？約定的勝利之劍儼然成形，這樣贏定了！

我高高興興地要鑽進最後排座位，但這時，突然有人拉住我的衣領。

「比企谷，你來坐前座。」

「咦？這、這是為什麼？」

我被平塚老師拖到前座，途中大聲表達不滿。老師的臉漲得通紅，一邊用空著的手遮掩一邊回答：

「不、不要搞錯！我、我一點也不想跟你坐在一起！」

喔喔，有傲嬌的感覺。如果忽略年齡問題，的確滿可愛的。

「只是因為坐前座的死亡率最高而已！」

「老師太差勁了！」

我極力掙扎，想擺脫平塚老師的控制。接著，老師又「呵」地笑一下。

「……開玩笑的。漫長的車程中，最好不要讓駕駛無聊。跟你對話挺有意思的。」

「原來是這樣……」

看到老師露出平靜溫和的笑容，我也不好意思再說不，於是乖乖坐進前座。老師見狀，滿意地點點頭。

大家都上車，我跟老師繫上安全帶後，老師發動引擎、踩下油門。

廂型車載著我們，逐漸遠離這座熟悉的車站。要去千葉的話，從這裡接上十四號國道是最快的路線。

然而，平塚老師不知為何往交流道的方向開去。汽車導航系統指引的方向，無疑是引導我們上高速公路。

「請問，我們不是要去千葉嗎……」

老師聽到我的問題，嘴角浮現笑意。

「我先問你，你什麼時候產生我們要去千葉站的錯覺？」

「這不是什麼錯覺，平常說去『千葉』，不都是指千葉站……」

「你以為是千葉站？錯了，非常可惜！正確答案是千葉村！」

「老師，您在興奮什麼……」

不擅長跟人打交道的人，往往會出現這種狀況。他們難得有機會跟人交流時，會顯得異常興奮。這是長時間的空白使然，不過當他們隔天回想起來，將陷入自我厭惡的低潮。但願平塚老師明天不要太消沉。

話說回來，千葉村、千葉村……總覺得聽過這個地名，到底是在哪裡……

hiratsuka's seat

你暑假過得如何？

hachiman's seat

嗯……很平常，待在家看書、看動畫、打電動還有用功。

那、那樣算平常嗎……

反正我也沒有出門的理由啊。何況外面的社會充滿危險，有可能中暑、溺水、在鬧區遭遇不測，所以窩在家裡才是最強的！

車內對話
駕駛座

這即為「名副其實」嗎……太貼切了。

那麼老師呢？

……工作。

啊？等一下，學校不是在放暑假……

沒錯，除了盂蘭盆節的假期之外都要工作。社會人就是如此。

……真不想工作啊。

3 葉山隼人對誰都毫不馬虎

山脈稜線映入我的眼簾。

「哇，是山，好漂亮。」

「的確，是山呢。」

「喔，山啊。」

我獨自低聲讚嘆，雪之下與平塚老師跟著點頭複誦。

千葉人每天都生活於廣大的關東平原，因此對他們而言，山是難得一見的景觀。

雖然在非常晴朗的日子，可以從海岸線一帶看見富士山，不過除此之外看不到其他山，更別提這種蒼鬱的山脈。正因為如此，就算只是稍微瞥見山脈一隅，也會讓我興奮好一陣子，甚至連感情幾乎沒有起伏的雪之下都發出感嘆。

接著，車內再度恢復寂靜。

我跟雪之下都在欣賞窗外風景。

由比濱把頭靠在雪之下肩上，「呼……呼……」地熟睡；我扭動脖子看向最後排，發現小町跟戶塚也在睡覺。剛出發時，他們還很高興地玩撲克牌和UNO牌，現在大概已失去興致。當時，我可是被老師抓著當聊天對象不放……為什麼非得跟她互相介紹最喜歡的十部動畫？

不過，這光景滿教人懷念的，有種畢業旅行或校外教學結束後，坐在回程巴士上的感覺。班上同學玩到沒有力氣，整車陷入一片沉靜，只有我因為沒耗費什麼精神，因而獨自清醒地欣賞窗外風景。

高聳的群山擠壓著高速公路上高高立起的護欄，張開幽暗大口的隧道內點滿亮晃晃的橙色燈光。

我看著窗外不斷流動的風景，忽然感到一股強烈的似曾相識。

……我想起來了。

「對喔……我國中時參加的自然科校外教學活動，就是在千葉村舉辦的……」

「群馬縣的千葉市的確有個休閒勝地。」

後座的雪之下補充道。

「妳也去過千葉村？」

「我國三才回來這裡，所以沒參加過國中的教學活動，後來才從畢業紀念冊上知道有這種活動。」

「回來這裡？妳去了什麼地方嗎？那還回來這裡做什麼？」

「那種問法真失禮……算了，無所謂。」

我回過頭，看見雪之下正望著窗外。風從打開的一條窗縫灌進來，吹動她的黑髮，所以我沒辦法得知她的表情。

「我沒說過自己曾經出國留學嗎？難道你的腦容量只有軟碟大小？」

「太小了吧……別拿磁鐵靠近我，記憶會被消除的。」

「你們那個年齡的人，通常都沒聽過軟碟才對……」

平塚老師一臉驚訝，但事實上，直到前一陣子推出的個人電腦，都還有配備軟碟機。

「不，我出生的那時候還有喔。」

「你記得真清楚，腦容量大概有ＭＯ（註23）的大小。」

老師順應我們的話題，講出一句自認很有梗的話，還得意地「嗯哼」笑一下。

可是，當她把ＭＯ作為大容量儲存裝置的代名詞時，便代表年齡已經……

「等等，大家通常不會知道ＭＯ吧？」

「我倒是聽過ＭＤ……」

雪之下也感到疑惑。

「唔！竟然沒聽過ＭＯ……這就是所謂的『年輕』嗎……」

平塚老師大聲哀號，教人有些不忍，於是我開始思考讓老師振作的安慰。我真

註23 Magneto-optical disc，磁光碟，有128MB至2.3GB的規格。

是溫柔。

「沒關係，畢竟ＭＯ在公司行號之間比較普及，一般家庭不太使用這個東西，所以這不代表老師已經上了年紀。」

「原來你知道！」

老師舉起手準備朝我揮拳——

「哇！方向盤、方向盤啊！」

「下車後最好給我記住……」

「請老師不要期待ＭＯ大小的腦容量。」

雖然ＭＯ的容量已經比軟碟大很多。

車子繼續駛向千葉村。

今天明明是平日，車流量卻滿大的，路上有時甚至會出現一公里的小塞車。

「想不到今天有這麼多人來這裡。」

「因為這一帶有很多營地跟溫泉，只要是千葉市的國中生，一定曾來過猿京溫泉這一帶。」

「不，我不太記得地名……」

「對喔，這裡對比企谷來說是個傷心地吧……難怪你會忘記。」

「請不要把別人的回憶都當作黑歷史。別看我這樣，對於畢業旅行這類活動，我可是很在行的。」

「像慶典中的男生那樣？每次到了那種活動，總有一些學生突然變得很外向。」

「不……我的意思是很擅長在那段期間放空自己。」

重新翻開畢業紀念冊，我都會被自己宛如死人般的表情嚇到。說不定其他同學的驚嚇指數會更高，因為他們完全不知道班上有我這號人物。

「這次跟自然科的校外教學活動一樣是三天兩夜，沒問題吧？」

「三天兩夜？所以要住在這裡？可是我什麼都沒準備耶！」

「不用擔心，小町應該都準備好了。」

聽雪之下這麼一說，我才想到出門時的兩個背包。想必其中一個是我的，另一個是小町的。

「你妹妹優秀得超乎我的想像。」

平塚老師也感到佩服。

「沒錯吧，她可是我引以為傲的妹妹，外貌、容貌、美貌三貌兼具。」

「那三個不是都一樣……」

雪之下露出「敗給你了」的表情說道。

車子下高速公路後，沿著一般道路繼續開往山裡，在有點蜿蜒的山路上靈活穿梭。

×　×　×

一下車，濃郁的青草氣息撲鼻而來。四周皆是翠綠的森林，讓人有種這裡氧氣特別豐富的感覺。

千葉村的停車場設在一個空曠處，那裡已經停放好幾輛巴士，平塚老師也把車子停在那裡。

「嗯～～真舒服～～」

由比濱下車後，立刻大大伸一個懶腰。

「……妳把別人的肩膀當枕頭，還睡得那麼安穩，當然舒服。」

「唔……對、對不起嘛！」

雪之下的話中帶刺，由比濱立刻雙手合十對她道歉。

「哇，我們真的來到山裡耶～」

隨後，戶塚同樣沉浸在身處山間的感動中。他果然也是千葉人，早已適應平地的生活，所以才會對山抱持憧憬。

「不過小町去年才來過這裡啦。」

儘管小町嘴上這麼說，她還是深呼吸幾口氣，似乎也很樂在其中。

我不是要重複由比濱的話，但從樹葉間撒落的陽光，以及高原上吹拂的涼風，的確很舒服。我希望以後能來這種地方避世隱居，如果要買什麼東西，在網路上解決即可。

「嗯，空氣真新鮮。」

平塚老師說完後開始抽菸，妳是用那種方式在享受空氣嗎……

「接下來要用走的，你們先把行李拿下車。」

她大口呼出煙，像是在說這裡的空氣真的很新鮮。

我們依照指示，搬下車上的行李。同一時間，又有一輛廂型車開進來。奇怪，附近明明還有很多營地，原來一般遊客也會來這種地方嗎？不過，這裡是公共設施，使用費很低廉，說不定意外是個不錯的私房營地。

那輛廂型車把乘客放下來後，又循原路開回去，大概是單純的接送服務。

四名年輕男女從車上下來。

不論我怎麼看，那四人都像極了愛情故事的主角，彷彿會咬下盛夏的果實。如果他們去河中沙洲烤肉，八成會被困在那裡等待救援；或是抱著野餐的心情，穿著輕便服裝去登山，結果遇到山難。

我正想著這些有的沒的時，他們當中有一人向我舉手示意。

「嗨，比企鵝。」

「……葉山？」

想不到葉山竟然出現在這裡。不，不只有葉山，仔細一看，還有三浦、得意忘形的金髮戶部、超積極腐女海老名，葉山集團的人通通到齊……咦，見風轉舵的處男大岡呢？

「你怎麼會在這裡……來烤肉嗎？要烤肉的話，我比較建議去河中沙洲。」

「我們不是來烤肉的。如果只是想烤肉，我不需要特地請家人開車載我們過來。」

葉山苦笑道。

所以不是要烤肉嗎？那麼，我是不是該建議他們穿著輕便服裝登山？

這時，平塚老師捻熄香菸說：

「嗯，看來大家都到齊了。」

大家？這麼說來，葉山他們也是一開始就在參加名單內？

「那麼，各位知道我找你們來的原因嗎？」

聽到這個問題，我們面面相覷。

「我聽說是要舉辦志工活動。」

「嗯，所以我們要來幫忙。」

雪之下率先回答，戶塚跟著點頭附和。一旁的由比濱則疑惑地問道：

「咦？不是社團集訓嗎？」

「小町聽到的是露營。」

「我完完全全不知情……」

喂，到底誰聽到的才是正確答案？你們太不會玩傳話遊戲啦！

「我聽說申請大學時，曾參加志工活動可以加分……」

葉山再度露出苦笑。

「我聽說有免費的露營活動就來了。」

「對吧，免費活動超棒的！」

三浦撥弄她的鬈髮，戶部則撩起脖子上的髮際。

「我聽說葉山跟戶部要來露營，所以就哈～～嘶～～哈～～嘶～～」

只有海老名的理由特別詭異，而且她最後是發出什麼聲音啊？

平塚老師無奈地嘆一口氣。

「唉，好吧，至少基本上都沒有錯。接下來的這幾天，我要請你們協助一項志工活動。」

「請問，活動內容是……」

「校長莫名其妙把這個地區的侍奉活動的監督工作塞給我，所以我才把你們都找來，擔任小學生露營活動的工作人員，幫助千葉村的職員，以及教師和兒童。說簡單一點即為打雜，說穿了則是奴隸。」

好想回家……即使是黑心企業，剛開始也會給員工一些甜頭耶……雖然正是因為這樣，才說是黑心企業。

「這同樣算是侍奉社的集訓。另外，誠如葉山所說，根據你們的表現，我將不吝惜在升學用的審查資料中加分；而且自由時間裡，你們當然可以到處遊玩。」

喔～～原來如此。其實大家都很清楚內容，只是各自擷取有興趣的內容罷了。

「那麼，我們趕快出發吧。把行李放到本館後，立刻開始工作。」

平塚老師走在隊伍前頭，我們跟在後面。

話雖如此，我們並不像一個完整的團體。老師的後面是我和雪之下，我們後面是小町和戶塚，接下來是由比濱，葉山那群人則落在更後方。由比濱剛好位於隊伍中央，才讓大家勉強看起來像一個團體。

我們走在通往本館的柏油路上。這時，雪之下略帶鬱悶地開口問：

「請問……為什麼葉山他們也來了？」

「嗯？喔，妳在問我問題啊。」

平塚老師回頭。

「她用敬語說話，當然是在問老師。」

在場所有人當中，只有老師會讓雪之下使用敬語。我說出自己的想法後，雪之下露出笑容，心情似乎好轉一些。

「哎呀，不盡然喔。除了面對地位比自己高的人之外，如果想跟對方保持距離，也可以使用敬語。不知您有沒有什麼高見，比企谷先生？」

「您所言甚是，雪之下小姐。」

我跟雪之下客套地「呵呵呵」乾笑，隨即被平塚老師打斷。

「你們真是一點也沒變。我找葉山他們的理由，是因為我先在校內公布欄張貼徵人訊息，補充不夠的人手。你們大概沒看到那則訊息，不過，我也沒想到真的會有人報名……」

「既然那樣，為什麼還要特地張貼訊息？」

「這只是形式而已。如果別人覺得我只關心你們幾個人，那不是什麼好事，所以才要在表面上做做樣子。我也不擅長應付外表光鮮亮麗的現實充學生，光是看著便覺得心痛。」

老師的這番話才讓我更心痛。拜託誰快點把她娶回家吧！

「但我畢竟是一名教師，必須盡可能公平對待所有學生。」

「嗯，當教師也很辛苦呢。」

特別偏袒誰或給予特別待遇的話，可是會被批評的。

「與其說『教師』，說是『大人』更正確。這社會動不動便出現這種情形。」

她說這句話時，表情顯得有些陰沉。

身處一個組織中，意味著也得承擔組織的黑暗面；如果要長期處於這個組織，更是不在話下。我們得為自己的將來著想，即使不願意也要學會低頭、跟大家一起去喝酒、強迫自己聽一點也不想聽的話。不只是每天跟討厭的人見面，還得跟他們一起工作。

如果不想落入這種處境，唯有成為家庭主夫或尼特族兩種方法。

既得工作，還要好好經營人際關係，這是哪門子的處罰遊戲？做這種事可以領人際關係津貼嗎？如果沒有任何加給，未免太不合理。我再次體認到，自己果然不適合進入職場。

平塚老師看著我和雪之下，露出溫柔的微笑。

「這次也是很好的機會，你們可以學習如何跟其他群體好好相處。」

「要跟那群人成為好朋友嗎？我看是不可能的。」

「比企谷，你搞錯了。你不需要跟他們成為好朋友，我是要你們跟他們『好好相處』，學習如何不跟對方為敵、不忽視對方，抱持公事公辦的心態彼此相安無事。這是適應社會的方法。」

「雖然老師這樣說……」

忽視之術一旦遭到封印，我便束手無策。

「…………」

雪之下同樣沉默不語，既不回應也不反駁，但未做出承諾。

平塚老師苦笑以對。

「我不要求你們立刻想通，只要這幾天裡時時刻刻放在心上就好。」

老師說完，我們繼續默默地往前走。

跟對方好好相處的方法……

這應該不是什麼難事。能不能成為好朋友，還涉及感情方面的因素；單純跟對方好好相處，則是技術方面的問題。

拋出話題，配合對方的喜好說話，再表現出自己認同對方的話，然後在這個過程中找出對方的好球帶，並且有意無意地透露自己的守備範圍，雙方即可好好相處。

剛開始或許不會很順利，對話會有一搭沒一搭的，甚至說出不合對方喜好的話。不過，如同學習任何一種技術，只要反覆練習便會越來越熟練。

再怎麼說，和對方好好相處本來就是欺騙自己也欺騙對方，是雙方都很清楚自己被騙的一連串過程。

到頭來，這正是那些男男女女在學校所學、所實踐的事物。

這是加入組織或集團時的必備技能，大人和學生都一樣，差異只在於規模大小。

所以，這不過是虛偽、猜疑、欺騙罷了。

× × ×

我們在本館放好行李後被帶往集會場，近百名小學生已經在那裡等待我們。

他們看上去都是六年級學生，不過體格差異相當大。如果他們是一大群穿制服的高中生，或穿西裝的上班族，至少還保有一致性而不覺得混亂；但是在場的小朋友皆穿著各自的衣服，所有顏色聚集在一起，更顯得眼花撩亂。

最重要的是大家都在講話，使現場吵到極點。

嘩～～好棒～～閉嘴～～

我們全都被孩童的喧鬧聲震懾住。

升上高中之後，我不曾在這麼近的距離接觸一大群小學生。他們充沛的活力（這是好聽的說法）著實讓我嚇一大跳。難道這裡是動物園嗎？

我往旁邊看去，由比濱顯得不知所措，雪之下的臉色也有些蒼白。

一名教師站在這群學生面前，但他只是一直盯著手錶，完全沒有活動即將開始的跡象。

經過幾分鐘後，學生們終於察覺狀況有異而安靜下來。嘰嘰呱呱、嘰嘰呱呱……嘰嘰呱呱……靜悄悄……

「好，大家總共花三分鐘才安靜下來。」

出、出、出、出現啦！全校集合或開班會時，老師開始訓話前一定會出現這句台詞！想不到我長這麼大了，居然還能再次聽到……

接下來便如我所料，老師開始對學生訓話。為了管好這些興奮的小朋友，老師總會在露營的一開頭先下馬威。我還是小學生時，也經歷過這個階段。

老師訓完話後，接著宣布這幾天的行程。

第一天的第一項活動是野外定向，好像也可以叫做定向越野（註24）。

大家一起翻開「露營活動手冊」聽老師講解。

這本手冊的封面很有動畫風格，從畫風看來，我猜是由女生繪製。想必是籌備

註24 在野外利用地圖和指南針，以不同形式完成一段路程，並且在檢查點為記錄卡打上印記的運動。

小組裡的哪個人擅長畫圖，跟大家說「要、要我來畫也可以……」之後交出的作品。但願這張畫不會成為她將來的黑歷史。

「最後，老師要介紹這幾天陪伴大家的大哥哥大姐姐。先跟他們打招呼，請多多指教。」

「請～～多～～多～～指～～教～～～」

小朋友們拉長音，用中午吃飯時間大家一起喊「開～～動～～～」的方式發出多部合聲，很像畢業典禮上大家一同朗誦的「刻骨銘心」、「畢業旅行」等句子。當時我也跟著一起朗誦，反正那些不愉快的回憶的確讓我刻骨銘心沒錯。

小學生們一起投來好奇的眼神。

於是，葉山往前踏出一步。

「接下來的三天時間中，我們會提供各位協助。如果有什麼事情，歡迎隨時告訴我們。希望大家都能在這次的露營活動中，留下許多美好回憶。那麼，也請大家多多指教。」

葉山說完後，台下響起一片掌聲，小女生們還興奮地尖叫。老師們同樣報以熱烈的掌聲。

喔喔，葉山真厲害，他好像很習慣這種場面。現在沒有什麼人能夠不預先練習，便直接對一大群人說話，何況還要配合小孩子的程度。

單就這一點，雪之下應該也辦得到……

「妳好歹是侍奉社的社長，要不要先打個招呼？」

「我不太喜歡站在這麼多人面前。」

雪之下會這麼說，其實不怎麼意外。畢竟她不用做什麼事便很顯眼，也因此吃過不少苦頭。我猜她不喜歡站在第一線直接面對人群。

「不過，我喜歡踩在別人的頭頂。」

……喔。

「好，現在野外定向活動正式開始！」

隨著老師下達信號，學生們迅速分成五到六人的小組，大概是早已決定好分組，現在才能這麼迅速。這幾天的露營中，大家可能都要以小組為單位活動。

小學生分組應該還不會有什麼黑暗面，每個人的表情都很開朗。

看來校園階級的概念在此階段尚未成形，不過，等他們升上國中、高中，將體驗到分組活動殘酷血腥的一面。小學時代簡直如同幸福的箱庭（註25）生活。真是的，小學生太棒了！

我們幾個暫時無事可做，索性聚在一起。戶部看著那群小學生，撥著頭髮說：

「哎呀～小學生好年輕啊～感覺我們高中生都變成大叔了～」

「喂，不要那樣說好嗎？那人家豈不是變成老太婆？」

「沒有啦，我才沒有那個意思，妳誤會了！」

註25 在小型容器內盛入砂土，建造出庭園盆景。

他在三浦的威嚇之下連忙改口。有一瞬間，我好像感覺到平塚老師的視線，大概是錯覺吧？嗯，希望只是錯覺。

「不過，我還是小學生的時候，也覺得高中生好像大人。」

戶塚延續戶部的話題，滿是懷念地說道。小町聽了，食指抵著下顎，把頭偏向一邊說：

「從小町的眼中看來，高中生的確很像大人喔，但是哥哥除外。」

「喂，我經常發牢騷、愛說謊，還會做骯髒齷齪的事，不是更像個大人嗎？」

「哥哥，大人才沒有那種『十五歲的夜晚』（註26）一般的思考模式……」

「自閉男，你到底把大人想像得多悲哀？」

小町和由比濱完全不買帳，唯獨戶塚輕笑起來，往我的背敲一下。

「雖然我沒看過八幡在家的樣子，不過，你在學校裡總是表現得冷靜沉著，很像大人喔！」

「戶、戶塚……」

我差點要感動地發出哽咽聲，偏偏旁邊傳來一陣冰冷的嘲笑。

「那是因為沒有人跟他說話，才營造出那種假象。說正確一點，是孤獨又陰沉。」

我轉過頭，看見雪之下的嘴角浮現寒冰般的微笑，於是我也回敬她類似的冷笑。

「……為什麼妳知道我平常在教室的樣子？難道是偷窺狂不成？妳懂不懂社會秩

註26　尾崎豊的歌曲，歌詞以年輕時跟朋友離家出走的經驗為主軸。

序維護法？不想在這個社會上立足了嗎？」

「模仿得比上次更像……」

由比濱傻笑著說。接著，她身旁冒出枯樹枝被踩斷的劈啪聲。

「……你是在模仿誰？」

現在明明是夏天，雪之下的背後卻彷彿出現暴風雪。

那生硬的笑容實在太恐怖了！對不起啦！

另一邊的葉山看著我們幾個人，理解似地點點頭。

「喔，原來那個女生是比企鵝的妹妹。我想說如果是戶塚的妹妹，似乎怎麼看都不太像。」

葉山一邊說，一邊走到小町面前。喂，不准靠近她！

「小町妹妹妳好，我是比企鵝的同班同學葉山隼人，請多多指教。」

「啊，哥哥平時承蒙照顧，請多多指教。」

小町有點嚇到而後退一步，稍微躲到由比濱身後觀察著葉山。

「她不可能是小彩的妹妹啦，隼人同學。說是小雪乃的妹妹可能還像一點。」

那也只是髮色相同的關係吧……

但葉山搖搖頭。

「不可能，因為雪之下同學沒有妹妹。」

「喔，這樣啊……咦，你為什麼知道？」

「這個嘛……」

葉山瞄一眼雪之下，但是雪之下仍然看著小學生，並沒有理會他。

「我們現在應該做什麼呢……」

「啊，對喔，我去問一下平塚老師。」

葉山察覺氣氛不太對勁，立刻離開現場。

雪之下肯定跟葉山有什麼過節。雖然她對我也從來沒有好臉色，不過那屬於「攻擊」，跟對葉山抱持的「排斥」不同。會不會是對現實充過敏？不對，我自己也對現實充過敏。服用抗組織胺的藥物有效嗎？

葉山離開後，小町悄悄湊到我身邊。

「哥哥，大事不妙！」

「什麼事？」

「跟那個帥哥當對手的話，哥哥完全沒有勝算！這下子危險了！」

「吵死了，少管我。」

笨蛋妹妹，竟然特地來報告這種事。我打從一開始便不打算跟葉山競爭。只要他別輕舉妄動，我不會有什麼意見。

然而，有個意想不到的角色出來補刀。

「事情可能真的很嚴重……比企鵝同學全身發出受的光芒，而且是很弱的受，葉山主動硬上的話，你可能一下子便會被攻陷。」

「這、這樣啊……我會多加注意。」

回想起來，這是我第一次跟海老名對話，但我打從心底希望不要再有第二次。什麼叫做我全身發出受的光芒？才不是那樣！

這時，葉山跟平塚老師一同出現，老師開始說明接下來的工作。

「野外定向的活動中，你們要幫忙準備午餐，在終點發放給小朋友。我會先開車把便當跟飲料送過去。」

「我們也可以坐車過去嗎？」

「車子沒那麼大的空間，你們自己走過去。還有，記得要比小朋友早到達。」

既然要準備小朋友們的午餐，的確得比他們先一步到達才行。現在他們已經出發，所以我們最好加快動作。

× × ×

野外定向是一種運動，大家要依照規定的順序通過檢查站，比賽誰使用的時間最短。沒錯，這是一種運動。

這本來是相當熱血的比賽，參加者皆攜帶地圖和指南針全速衝刺。

不過，這些小學生要體驗的並非激烈競爭，而是較休閒的野外定向活動。他們分成小組進入山中，在地圖上標示的各個檢查站回答問題，以答對題數多寡和使用時間的長短競賽。

仔細一想，其實我也參加過這種遊戲，不過當時跟我同組的淨是一群蠢蛋，一路上根本沒答對多少題目。雖然我知道正確答案，也擠出聲音告訴他們，但那些人都不相信，結果就是一直答錯，弄得整個小組陷入低氣壓。

即使在夏天最熱的時期，高原上仍很涼爽。每當一陣風吹過，樹葉便沙沙作響。

我們不用參加比賽，所以直接往終點移動。路上不時看見小朋友四處尋找看板，或是聚在一起思考紙張上的謎題。

大家看起來都玩得很高興，這是最重要的。

「加油！」

「大姐姐在終點等你們喔！」

葉山和三浦一發現小朋友，便會對他們大聲打氣，認真扮演營隊大哥哥大姐姐的角色。葉山的表現相當自然，我比較訝異三浦竟然也有這樣的一面。

「隼人！隼人～～想不到我超喜歡小朋友的～～不覺得他們超可愛嗎？」

……原來她只是把「可愛」掛在嘴上，藉以凸顯自己有多可愛。

我也產生裝一下可愛的念頭，不過男生說這種話只會變成蘿莉控宣言，所以最後還是作罷。

見到葉山和三浦對小朋友打氣，戶部、海老名、戶塚、由比濱也加入行列，漸漸和大家熱絡起來。

如果扮成親切的大哥哥大姐姐，再展現出自己最好的一面，這些孩子很快會跟我們打成一片。

我們不時看見成群的小學生，有些小隊好像還出現兩、三次。我沒有一一仔細認他們的臉，也沒有主動搭話，所以記得不是很清楚。老實說，我分不出那些小學生有什麼差別，大家都一樣聒噪、靜不下來、到處蹦蹦跳跳。

我們在彎路上遇到五個女生組成的小隊。

她們也是活潑有精神，而且開始懂得打扮，聊起天來還會讓我的耳朵產生刺痛感。我感覺得出她們進入國中後，將成為全學年的中心人物。說簡單一點，就是未來的現實充。

對這些小朋友而言，高中生是她們仰慕的對象，特別是葉山和三浦那種光鮮亮麗的人。

這幾個小學生相當主動，幾乎是用一對一的方式跟我們這群人聊天。當然，沒有一個小朋友靠近我跟雪之下。沒錯。

她們一開始先打招呼，接著進入流行、運動、國中等等話題，聊著聊著，後來還說好一起尋找這附近的檢查站。

「好吧，我們只在這裡幫一點忙，要對其他同學保密喔！」

葉山這麼一說，小學生們馬上很有精神地答應。

擁有共通祕密是跟別人好好相處的技巧之一，我不禁佩服起葉山。

這群小學生個個開朗又活潑，唯有一個地方讓我頗在意。

大部分小隊都是五個人聚在一起行動，或是拆成兩個小團體、以較鬆散的方式互相連結，總之整體上看來還算是完整的群體。但是，這個小隊非常不平衡。

在這五個小學生當中，只有一個人落後大家兩步。

她的四肢健康修長，黑色的直髮略帶紫色，跟其他小孩相較之下，多出幾分大人的氣息。身上的服裝也很有女人味，在眾人之中顯得特別雅緻。老實說，她真的非常可愛，很容易吸引目光。

雖然如此，其他人卻都不在意這名脫隊的隊員。

——不對，她們其實都知道。另外四個人不時回頭看她，用只有彼此聽得到的聲音偷偷嘲笑那名女孩。

她們和落單的隊員相距不到一公尺，從旁人的角度看來，說是同一隊的隊員也不奇怪。

然而，那些人之間明顯被一層看不見的膜隔開，形成一堵無形的高牆。

那名小女孩的脖子上掛著數位相機，偶爾用閒著沒事的小手撥弄一下，但她絲毫沒有拿起相機拍照的打算。

照相機啊……我念小學時，數位相機並不普及，大家用的都是拋棄式或富士即可拍相機。儘管我每次出遊時都會買一台，但因為沒有什麼朋友，又不會跟大家合照，連二十四張底片都用不完，回去後為了消耗多餘的底片，只好拍小町和當時家裡養的狗，結果這兩種照片比出遊的照片還多。

反過來想，數位相機不受底片數量限制，真是不錯的發明。

落在隊伍最後方的小女孩，眼睛看的地方也跟其他隊員不同。

正如替身使者（註27）會互相吸引，獨行俠能敏銳察覺到其他獨行俠的存在。

「…………」

雪之下輕輕嘆一口氣。

她大概也注意到那個格格不入的小女孩。

不過，這不是什麼壞事。每個人在一生當中，總要面對一、兩次孤獨的時刻——更正確說來，是非得忍受孤獨不可。永遠跟他人在一起、身旁總是有人才有問題，看了便覺得不舒服。我認為一定有些事物，只能從孤獨之中學到、感受到。如果跟朋友在一起時可以學到些什麼，沒有朋友時亦可學到些什麼。這兩者互為表裡，擁有相同的價值。

因此，這一刻對那個女孩想必是有意義的。

我抱持這個信念，決定裝作沒發現她。無視無視～

然而，世界上還有許多人不這麼認為。

「妳找到檢查站了嗎？」

葉山主動對那名女孩開口。

註27　於《JOJO的奇妙冒險》第三部登場，擁有某種特殊能力的角色。

「……還沒。」

小女孩傷腦筋似地笑著，葉山也回以笑容。

「這樣啊，那我們一起找吧。妳叫什麼名字？」

「鶴見……留美。」

「我是葉山隼人，請多指教囉。我們去看看是不是藏在那裡吧？」

葉山一邊說一邊輕推留美的背，帶她走去正確方向。

……葉山太強啦～～～

「看到了嗎？那傢伙就那樣引導小女孩，還自然而然問出對方的名字！」

「我看到了。那種絕活你大概一輩子都學不會。」

雪之下的語氣非常瞧不起我。

不過，她立刻換上嚴肅的表情。

「不過，那種做法不是很好。」

留美在葉山的帶領下回到小隊中，但她依然不怎麼開心，跟先前一樣不看任何人，只是盯著附近的樹林和路上的小石頭。

而且，不是只有她感到不開心。

留美一回到小隊，本來還吵吵鬧鬧的女孩們臉上瞬間閃過一陣緊繃。雖然不到厭惡的地步，但還是很不尋常。

她們沒有特別迴避，沒有咂舌或不悅地跺腳，也未發出任何抱怨。

但是，現場的氣氛還是說明一切。

即使無人發難，我們仍然嗅得到責難。

那是一種非語言、非肢體、非行為的暴力，同時是一種壓力。

雪之下一臉「我就知道」地嘆一口氣。

「果然……」

「小學生也有這種問題呢。」

我開口後，她的視線瞥向我。

「小學生跟高中生同樣是人，並沒有什麼兩樣。」

留美才剛回到隊伍裡，結果不知何時又被其他隊員排斥在外。

如果不主動跟人說話，也沒有人來跟自己說話，自然會被團體排擠。

我遠遠看見留美又撥弄起脖子上的相機。

根據地圖上的標示，檢查站的立牌在這附近。

在場有這麼多人一起找，想必很快即可找到。果不其然，還沒經過多少時間，大家便在樹蔭下發現略帶髒汙的看板。

這塊看板原本是白色才對，不過經過長年的風吹雨打，現在已經變成棕色。

看板上釘著一張白紙，接下來只要解答紙上的謎題就好。

「謝謝大哥哥大姐姐！」小女孩們大聲對我們道謝，雙方在此分別。

她們又出發去尋找下一個檢查站，我們則先前往終點。

我最後回過頭，剛好看見落在隊伍後方一步的留美消失在樹蔭中。

× × ×

離開樹林後是一片開闊的地方，這個半山腰處即為野外定向的終點。

我們要在這片廣場迎接抵達終點的學生。

「啊，你們真慢。趕快把這些東西卸下來，幫忙準備午餐。」

平塚老師步下廂型車。看來在野外定向的路線之外，還有另一條車用道路可以通到這裡。

我們打開後車廂，看見裝滿便當和飲料的塑膠籃堆積成山。車內飄出的沁涼空氣接觸到微微出汗的身體，感覺非常舒服。

男生們吆喝著搬出塑膠籃後，平塚老師用拇指指向後方。

「另外還有當作點心的冰梨子。」

我聽到潺潺流水聲，老師大概是把那些梨子泡在小溪中。

「這裡有刀子，麻煩你們削皮跟切水果。」

老師拍拍手邊的籃子，裡面有不少水果刀、迷你砧板，以及紙盤、牙籤等切水果的用具。

不過，削完一整個年級學生分量的梨子是件大工程，我們還得幫忙發便當。

「我們分工合作吧。」

葉山望向成堆的工作如此提議後，盯著自己指甲的三浦首先開口：

「料理我跳過。」

「我也沒辦法～」

「我都可以。」

戶部和海老名跟進。這時，葉山稍微思考一會兒又說：

「嗯，該怎麼分工呢……發便當應該不用太多人……這樣吧，我們四個人負責發便當。」

「那我們去削梨子。」

由比濱跟著回答，於是兩組人手大致底定。

「……妳去發便當比較好吧？」

我走向河邊拿梨子時向她問道。

「咦，為什麼……啊，我知道了，你想說我不擅長料理對吧！削梨子這種事，人家還辦得到啦！」

「不，我不是那個意思。」

由比濱跟三浦那群人也很要好，我是問她不過去有沒有關係。算了，無所謂。

我們把梨子拿回來，準備好水果刀後，立刻開始工作。雪之下和由比濱負責削皮，我、戶塚、小町負責擺盤及插牙籤。

雪之下的動作十分俐落，由比濱也信心滿滿地捲起袖子要大顯身手。不過她本來就是穿短袖。

「哼哼，我的技術已經進步不少囉。」

「是嗎？真是令人期待。讓我見識一下妳的技術吧。」

雪之下原本帶著笑意觀察由比濱……但是，臉上逐漸籠罩著陰霾。

由比濱削的梨子前凸後翹，宛如性感尤物。那是什麼技術？根本是一刀雕（註28）的佛像。

為什麼可以凹凹凸凸成那樣……她的料理才能簡直欠缺到嚇死人的地步。

「為、為什麼？我明明看媽媽削過那麼多次……」

「妳只是用看的喔……」

現場頓時陷入絕望，但雪之下嘆氣之後仍然強打起精神，拿起水果刀和梨子，唰唰唰地示範削皮。

「由比濱同學，妳要把刀子固定住，再用另一隻手轉動梨子。」

「像、像這樣？」

「錯了，切口要跟梨子保持水平。如果切進去的角度太深，會削到果肉……太慢了，妳的動作要快一點，否則手掌的溫度會讓梨子退冰。」

「妳是我的岳母嗎？小雪乃，妳拿起菜刀後變得好恐怖！」

註28 只使用鑿子的簡單雕刻。

「不好意思，現在已經沒時間了，要上料理課還是留到下次吧。」

我拿起一個梨子丟給小町。

「小町。」

「嘿咻！」

小町接下梨子後，用多出來的水果刀迅速削起果皮。

「妳跟我們交換，去插牙籤。」

「嗚……」

由比濱非常不能接受，但還是心不甘情不願地交出水果刀。

既然是我提議要交換工作，當然不可以漏氣，所以我削得比平常更謹慎。

唰！唰！唰！梨子逐漸露出新鮮的成熟果肉，彷彿純真少女一件一件脫掉衣服。非常好，非常好——我不斷在腦中歡呼。

很好很好，技術沒有退步。我可是立志成為家庭主夫的男人，為了不要工作，付出再多努力我都願意。

戶塚看著我的雙手，眼睛發出光芒。

「八幡，你好厲害！」

「嗚！真的！自閉男怎麼那麼熟練……好不舒服。」

「妳是在『嗚』什麼……咦？不舒服？」

我暗自感到震驚。

「……以男生來說，你的動作的確很熟練。」

雪之下難得誇獎我……不，這說不定是她頭一次誇獎我。

我忍不住看向雪之下——

「不過……」

——她面前出現一堆兔子造型的梨子。

「還差得遠呢。」

那彷彿在炫耀「我贏了」的燦爛笑容真是耀眼。這個女人，竟然只為了展現技術上的差異，在這麼短的時間內量產造型梨子，未免太不服輸……

「梨子的皮很硬，所以削掉後肯定比較好入口……好啦好啦，是我輸了。」

「哎呀，我可沒有在跟你比賽喔。」

雪之下在我認輸後這麼說道，不過她的聲音掩不住喜悅。

雖然我不怎麼痛快，但也因為雪之下心情大好，使整體工作效率提升，姑且當作一件好事吧。

她正在興頭上，對一旁的小町開口：

「小町快要考高中了對吧？那我考考妳，哪一個縣的梨子生產量最大？」

「山梨縣！」

「喂，妳這個笨蛋不要連想都不想便立刻回答，好歹動一下腦筋。」

小町的答案讓我感到一陣悲哀。她這樣子參加考試真的沒問題嗎？看來回去之後，我得在她旁邊督促她念書才行。

雪之下略帶苦笑地看看小町，然後轉而詢問由比濱。

「沒關係，到考試之前還有時間，現在趕快學起來就好……那麼，由比濱同學知道答案嗎？」

可能早已想到雪之下接著會詢問自己，由比濱自信滿滿地回答：

「哼哼……鳥取縣！」

「不對，請妳回國中重讀一遍。」

「為什麼妳對我的態度比對小町冷淡！」

因為妳是高中生，小町是國中生，不要怪雪之下對妳大小眼。

不過，回答鳥取縣還滿可惜的，如果回到十幾年前便是正確答案。現在鳥取縣的梨子產量大約在第三名附近。

小町聽了由比濱的回答，立刻得意地笑著說：

「呵、呵、呵~小町知道正確答案了。既然不是鳥取縣，代表是……島根縣！」

「不對，而且我無法理解妳的推論過程。」

「大概是因為『鳥取』跟『島根』的感覺很像吧……」

千葉縣民對關東以外的地理觀念相當薄弱。說到地理，他們只對自己在關東的排名有興趣。東京、神奈川穩坐前兩強的寶座，所以光是為了跟埼玉縣爭奪第三名，便已忙得不可開交。

「那麼雪之下同學，答案到底是哪一個縣？」

戶塚向她詢問正確答案。

「千葉縣。」

「不愧是雪基百科，妳已經可以改名為『千葉百科』了。」

「那我豈不是連原型都沒有……」

雪之下並不滿意這個名字。奇怪，這對我來說可是最高級的讚美呢。

「咦～～第一名是千葉啊？千葉的梨子這麼有名嗎？」

戶塚的語氣中滿是讚嘆。看來同樣住在千葉，對千葉的瞭解程度卻是參差不齊。

「千葉市內還看不出來，到了市外便很有名。有些高中還規定偷摘梨子要被停學，偷吃的話會直接退學喔。」

「你的千葉知識絕不會出現在考試題目中……」

千葉百科好像也不知道這一點。

所以，這場「千葉知識王」的比賽由我拿下勝利！

我們一邊聊天一邊賣力工作，不消多久即完成老師交辦的任務。這時，小學生們也陸陸續續到達終點。

接下來我們淪為工作人員，專門發放便當和梨子給餓壞的小朋友。

yui's seat

假期這麼長，好想出去旅行喔～而且難得是夏天，去國外好了！

yukino's seat

例如哪些地方？

澳洲！

現在那裡是冬天……還有更重要的一點，妳有護照嗎？

咦？護照……啊，我有得士尼樂園的全年通行護照！

那本護照我也有……但我不是說那個——

咦？小雪乃也有嗎？真意外！

身為一個千葉縣民，這是理所當然的事。

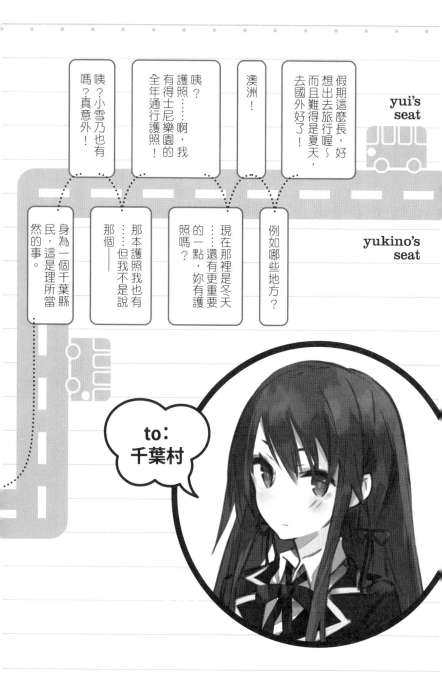

車內對話 第二排座位

我第一次聽說這種事……那麼，妳最喜歡得士尼樂園的哪個角色？

真要說的話，是貓熊強尼。我只是勉強舉例喔。

啊！跟我一樣！妳有看之前那部很像重製的電影嗎？超漂亮的！貓熊強尼也很可愛——

那不是重製，而是全新作品，用「再構築」形容可能更貼切。時隔三十五年，得士尼的傳統手繪風格配上最新的電腦科技賦予它新生命，當然很漂亮。妳要看藍光版本嗎？

啊……嗯，可是我家只有DVD播放器……

放心，那兩片是一組的。

咦？相同的內容為什麼要分成兩片？

……這、這個嘛，到底為什麼呢……

4 突然間，海老名姬菜開始傳教活動

說到露營，當然少不了咖哩。

身為一名家庭主夫，會做一、兩種咖哩是理所當然的。說得更正確些，不論我原本打算做什麼食物，最後都會變成咖哩。

其實，只要將任何東西加入咖哩塊下去煮，都會變成咖哩，所以說一切食物皆為咖哩的材料也不為過。

千葉有「Sitar」這間咖哩名店，不過，在千葉村這裡自然得野炊。我補充一下，「Sitar」的咖哩真的很美味。

因此，今天我們要遵循露營的傳統，吃咖哩當晚餐。

首先是讓小朋友知道該如何升火，平塚老師拿教師用的火堆示範一次。

「我先示範給大家看。」

平塚老師說完立刻堆疊木炭，並把助燃劑和揉成團的報紙置於下方。點燃助燃

劑後，報紙馬上燒起來。我以為老師還要用扇子搧一下，讓火苗延燒到木炭上，不過那樣實在太麻煩，所以她直接淋上沙拉油。

火焰立刻竄升。這個做法很危險，請大家絕對不要模仿。真的非常危險！

現場爆出一片不知是歡呼還是尖叫的騷動，但平塚老師不為所動，唯有叼著香菸的嘴角泛起空虛的笑意。她直接把臉湊近火堆點燃香菸，深深吸一口。

老師把臉移開後，又「呼～」地一聲吐出煙。

「大概是這樣子。」

「感覺老師很熟練呢。」

她不但動作俐落，還拿出沙拉油這個隱藏招式。不過老師只是望向遠方，開始喃喃訴說：

「呵，我大學時也常跟社團的人出去烤肉。每次我忙著點火時，那些情侶就在旁邊卿卿我我……嘖，心情又變差。」

老師想起不好的回憶而遠離火源。

「男生去準備火種，女生去拿食材。」

老師一邊說一邊帶女生離開。她現在把男女生分成兩邊，是不是出於過去的憤恨？這樣真的沒問題嗎？

我、戶塚、葉山、戶部留在原處。

「那我們也開始準備吧。」

葉山和戶部戴上工作手套，開始堆疊木炭，戶塚則幫忙準備助燃劑和報紙。

……糟糕，我的動作太慢了！

準備工作進行得頗為順利，接下來只剩下拿扇子搧風的機械性勞動。

我的心臟並沒有大顆到敢杵在原地不做任何事。好吧，如果現場只有葉山和戶部，我大可對他們說「嗯，那就麻煩你們」，但現在戶塚也在場，所以還是謹慎為妙。

百般無奈之下，我戴上工作手套，拿起扇子不停搧風，類似烤鰻魚那樣。

「感覺很熱呢。」

戶塚關心似地對我這麼說。

「嗯……」

就算我們身處高原，現在畢竟是夏天最熱的時候。挨在火源旁邊升火，汗水一定會像瀑布般泉湧不停。

「我去幫大家拿一些喝的過來。」

「如果要拿大家的份，我也去幫忙。」戶塚離開後，戶部也跟過去。說不定他其實是個好人，不忍戶塚用那麼纖細的手搬重物，因而發揮男子氣概。很好，給我好好幹！

於是，現場剩下我跟葉山兩人。

「…………」

啪噠啪噠啪噠啪噠。

「…………」

啪噠啪噠啪噠啪噠。

我關上心中的開關，把自己變成機器，一個勁兒搧風。看著漆黑的木炭逐漸通紅，心情跟著越來越好。

高溫逼出的汗水滲入眼睛，我抬起頭要用手套擦拭時，正好和葉山對上視線。我會說對上視線，代表他已經注視我好一段時間。要是海老名也在場，看到這種景象可就危險。

「……什麼事？」

「沒事，不用在意。」

葉山敷衍地回答。

「…………」

我持續手邊的工作，同時用死魚眼盯著他，結果他又想用同樣的話敷衍過去。

「真的不用在意啦。」

說什麼「不用在意、不用在意」，你在唱「小紅豆」的片頭曲嗎？我長到這麼大，從來沒看過哪個說出這句話的人是真的沒事。

我不死心地繼續死纏爛打，以五秒鐘一次的頻率瞄向葉山，最後他終於投降，聳了聳肩對我問道：

「比企鵝，你——」

「八幡，久等了！」

這時，戶塚走過來把紙杯貼到我臉上。紙杯的冰涼觸感嚇得我心臟差點跳出來，葉山也因此失去開口的機會。

我抬起頭，看到戶塚露出天真無邪的笑容，因為自己的惡作劇成功十分高興。他大概是急著回來，所以還微微喘氣，那張紅冬冬的臉真是惹人憐愛。戶塚的可愛模樣在勤快表現的加乘下，天使度再度增加。

我的心跳依舊劇烈，只能拚命克制這不知是驚訝還是悸動的心情，盡量讓自己的聲音維持冷靜。

「喔，謝啦。」

我在強烈的衝擊下，不小心發出假音。抱著好幾罐寶特瓶，慢幾步回來的戶部聽了，有點不知該做何表情。

「……換手吧。」

葉山主動提出換手的意見，還不小心笑出聲。於是我恭敬不如從命，把扇子交出去、脫掉工作手套，接過戶塚遞來的麥茶。

「那麼，再來就麻煩你……對了，你原本要說什麼？」

「之後再說吧。」

葉山爽朗地露出笑容，接著轉向炭火搧風。剛才的話說到一半被打斷，並沒有影響他的心情。

啊……累死了。

我喝著麥茶，望向葉山蜷曲的背部。他到底想說什麼？我大概想得到兩種可能，但無法理解他為何會問那種問題。

我坐到陽光撒落的長椅上繼續喝麥茶，這根本是老年人的休閒方式。

這時，女生組回到現場。

三浦看到我們生起炭火，激動地大聲叫道：

「隼人，你好厲害♪」

「真的呢！隼人真適合戶外活動！」

海老名也讚不絕口。

她們隨後看向我，毫不掩飾「比企鵝，你怎麼在偷懶」的態度。

「因為比企鵝已經幫了不少忙。」

喔喔！葉山主動幫我解圍，果然是個好人。

可惜在場的氣氛變成「隼人還幫比企鵝說話，好溫柔……我心動了☆」。

算了，這世界即是如此。

「自閉男～～來，辛苦了～～」

跟三浦等人一同回來的由比濱送上紙毛巾，臉上沒有一絲不悅。

「啊，八幡真的很努力喔！真的真的！」

戶塚也握緊拳頭為我掛保證，但從現在的情況看來，我的確很像在偷懶沒錯。

「我瞭解，自閉男總是在一些奇怪的地方認真。」

由比濱咯咯笑道，雪之下從她背後看過來。

「那不是看就知道了嗎？還有，別再用工作手套擦臉，實在很不好看。」

雪之下彷彿看透我們的情況。

啊，大概是我的臉很髒吧，難怪由比濱要送上紙毛巾，於是我心懷感激地接下。

「……謝啦。」

我想，這句感謝並非針對特定人物。

× × ×

小町跟平塚老師一起走來，手中的籃子裝著滿滿的蔬菜。

她們似乎在聊什麼，笑得非常愉快。

我多少能猜到那兩人在聊些什麼，十之八九是關於我的事。基本上，我是個自我意識相當強烈的人，只要在班上聽到笑聲，便會認為是自己受到嘲笑。因此這種程度的推理，對我來說是輕而易舉。哎呀～受歡迎真是辛苦……真的好辛苦。

一想到之後又要被平塚老師碎碎念，我整顆心頓時往下沉。

「怎麼回事，比企谷？你好像沒什麼精神呢。文學少年不喜歡戶外活動嗎？」

「什麼文學少年……」

我很喜歡看書沒錯，但我不會吃書。

「喂，小町，妳跟老師說些什麼？」

「嗯？小町在幫哥哥宣傳，說哥哥為了小町的讀書心得，特地搬出自己從前寫的作文，還幫很多很多忙，是個超級可靠的好哥哥喔！啊，這是小町累積很多分數後的大放送♪」

「OK，我大概瞭解了，妳一定會哭出來的。」

什麼時候冒出那種分數制度？話說回來，她絕對把我的讀書心得跟作文內容通通都告訴老師。

「為什麼～～小町是為哥哥好才說的～～」

小町不斷發出不平之聲，我則準備彈她一記額頭以示處罰，最後是平塚老師打圓場。

「好啦，先到此為止。其實大半是聊我跟你的孽緣，也聽到不少你小時候的事情——」

「啊啊～～等一下，那樣太犯規了……小町的分數要往下掉一大堆啦……」

小町的臉越來越紅，趕緊咳個幾聲蒙混過去，還不忘往我這裡瞄過來。

「啊，小町剛才的反應應該有加分吧？」

「妳是笨蛋嗎……」

我當場不知該說什麼，但又覺得她太可愛，原本的怒氣早已消退。

「別在那邊說些有的沒的，趕快開始做咖哩吧，別忘記還得煮飯才行。」

再繼續跟小町閒扯，我們永遠吃不到晚餐。我一把搶來她手上的蔬菜籃，快步送去烹飪區。

小町在原地呆愣好一會兒，接著「嗯、嗯」地點頭跟過來。

烹飪區其實只是個大型流理台，淘米等事前準備皆在這裡進行。

五花肉、紅蘿蔔、洋蔥、馬鈴薯——我們的食材種類算不上豐富，都是一般日本家庭常用的咖哩食材。不過，這已經比我的現實生活還要充實。

「以小學六年級程度的野炊而言，還滿適合他們的。」

雪之下做出中規中矩的評論。

她的意思為：「這是很安全的選擇，雖然無法做出豐盛豪華的菜餚，但也不至於失敗。」

「是啊，真正的家常咖哩會隨著做的人不同而有不同風味，我媽做的咖哩就會出現各種食材，像是油豆腐之類。」

「嗯，這樣啊。」

雪之下的回應不帶什麼感情。

雖然她平常就不帶什麼感情沒錯，不過現在這句話更像單純的反射行為，有如機器人在說話。

「不，我是說真的，咖哩中還有粉條跟蘿蔔，真想吐槽那是不是要煮火鍋。」

「對對對，還會放竹輪。」

「是、是啊。」

戶部突然插話實在太過意外，害我不知該怎麼回應。喂喂喂，別隨便裝熟，我可能會以為你是朋友喔！

不過他本人並不在意，仍不斷叨念著「放竹輪是要配海鮮嗎」之類聽不懂的話。他願意跟我說話，說不定其實也是一個好人。

如果他真的是好人，沒跟他多聊幾句便是我失禮。由於自己實在太過失禮，我決定接下來不再跟他說話，以免對他造成困擾。

一旁的由比濱哼著歌，用削皮器削馬鈴薯。一把刀子躺在稍遠處，看來她已經挑戰過拿刀子削皮然後放棄了。

「媽媽做的咖哩的確會那樣，前一陣子我還看到咖哩中有奇怪的葉子，大概是因為我媽媽經常發呆吧。」

若論發呆，妳不也一樣嗎？妳一定遺傳了母親的基因。麻煩妳把馬鈴薯上的芽拔乾淨，吃到茄鹼可是會被毒死的。

「啊，你看，就是這種葉子。」

由比濱隨便削幾下皮，便跑去摘一片小樹枝上的葉子回來。

這又沒什麼，不過是片平凡的葉子……喔～她該不會是指月桂葉吧？那是一種很常用的香料。

「妳說的葉子，是不是laurier……」

「啊？妳說什麼東西？」

雪之下口中的字眼，自動在我腦中產生一個畫面。

Laurier（六歲）：「嗚嗚……咖哩裡面有葉子啦……」

回家後上pixiv搜尋看看吧——正當我這麼想時，雪之下投來輕蔑的眼神說：

「我先說清楚，laurier就是月桂葉，你這個蘿莉控（註29）。」

嚇死人啦！

雪之下小姐，難道妳會讀心術？

話說回來，我算是妹控，那她說的蘿莉控是指誰呢……

「我也知道是月桂樹。」

這種小事我當然知道。

但由比濱似乎不知道，因而受到一點衝擊。

「laurier……原來不是指蕾妮亞……」

這根本不是遺傳，而是進化，而且是超進化的等級。

註29 laurier（ローリエ）和蘿莉控（ロリコン）前半部發音相似。

×　×　×

大家簡單分配工作，完成咖哩的前置作業和淘米後，我們的晚餐準備告一段落。

接下來是架飯鍋，用鍋子炒蔬菜和肉類。海老名突然冒出「蔬菜聽起來好像YAOI……真猥褻」這句發言（註30），被三浦敲一下頭。現場沒有人理會海老名，只有三浦願意吐槽，說不定她其實是個好人。可惜最近不太流行暴力型女主角，我還是建議妳積極掛上無視牌。

飯鍋內的水煮開後放入兩種咖哩塊，這樣才能煮出五花肉的油脂和咖哩塊的美味，接下來便是慢慢熬煮。

不愧是一群平常即會煮飯的國、高中生，烹飪過程非常順利。

我們四周升起不少炊煙。對小學生來說，這是他們的野炊初體驗，所以有不少小隊陷入苦戰。

「有空的話去各處巡視一下，順便幫他們一點忙。」

平塚老師的言下之意是「我就不用了」，我也抱持相同意見。

說到這個，為什麼現實充那麼喜歡跟人交流？電池也是用交流電嗎？

「好啊，正好我們不太有機會跟小朋友說話。」

註30　YAOI（やおい）是以男性同性愛情為題材的漫畫和小說，發音和「蔬菜（やさい）」相似。

葉山顯得興致勃勃。

「但現在鍋子裡還在煮東西喔。」

「嗯……這樣的話，挑一個離我們比較近的小隊看看。」

我不是那個意思……為什麼他會認為我是以贊成為前提？通常這不是代表「鍋子裡還在煮東西，所以不能隨便亂跑，你說是不是」的意思嗎？怎麼反而變成我為他提供建議？

「我留下來看顧鍋子……」

我拋出這句話，迅速把工作推得一乾二淨，轉身要往回走。但是下一刻──

「比企谷，不用擔心，我會好好幫你看著。」

平塚老師不懷好意地笑著，擋住我的去路。

原來如此，這也是讓我能夠「好好與別人相處」的特訓之一……

葉山走在最前面，來到距離我們最近的一個小隊。怎麼感覺他才是我們侍奉社的社長？不過這件事情一點也不重要。

小學生們似乎把高中生的造訪當作小驚喜，熱烈地歡迎我們。

他們不僅介紹自己的咖哩有多特別，還要我們嘗過半成品再走，像極了鄉下的老婆婆。

不論由什麼人來做，味道都不會差到哪去，這正是日本咖哩。在場應該不會有人做出太奇怪的東西。

葉山等人在小朋友的圍繞下，親切地和大家打成一片。我的確很想稱讚他們不愧是現實充，但事實上，原因不只如此。

小學生是最看不起大人的族群。他們不懂大人之所以是大人的緣故，以為那群人是好欺負的對象。這是我的親身經歷。

他們也不懂金錢的價值、念書的意義，以及愛情是什麼，並把得到的東西視為理所當然，不明白背後的根源。那是只看到這個世界的表層，便以為自己明白一切的時期。

進入國中之後，他們將嘗到挫折、後悔、絕望，逐漸認清在這個世界上生存下去是一件很不容易的事。

如果是機敏的孩子，可能會提早察覺這個事實。

例如獨自被排擠在外、存在感薄弱的那個女孩。

小學生們早已習慣她獨來獨往的行徑，所以不會特別理會，但是從外人的角度來看，還是會感到在意。

「妳喜歡咖哩嗎？」

葉山對留美開口。

雪之下見狀，輕輕嘆一口氣，聲音小到幾乎聽不見。

我也抱持相同看法。

那種做法並不好。

跟獨行俠說話時，必須在私下進行，不要被其他人發現；得盡可能顧慮到對方，避免她變成大家的焦點。

一名高中生，而且是外型突出的葉山對留美說話，會更強調留美的特殊性，使她孤獨一人的形象更加強烈。

說得簡單一點，便如同跟老師同一組，反而比單獨一人還丟臉。那種同情和憐憫其實是最傷人的。我們並不希望受到友善對待，反而希望他人別多管閒事。

一個人獨處時，會像空氣一樣無色透明，不受到任何傷害；但是跟老師分到同一組，會受到跟無業處男一樣大的創傷。

所以說那種做法不好。

葉山有所行動時，周圍會跟著行動。處於話題中心、頗受仰慕的高中生怎麼做，小學生們便會跟著怎麼做。

現在留美被推上舞台中央，成為名副其實的「中心人物」。

沒沒無聞的獨行俠一躍成為大明星，太好了太好了，有如灰姑娘的翻版。她一定是超時空灰姑娘，可喜可賀、可喜可賀——事情當然不可能如此。

我想，其他小學生不會認為「哇～～那個高中生主動對留美說話！好厲害！我們也跟留美當好朋友吧」，而是覺得「啥？為什麼她可以跟高中生說話」。

在高中生好奇的視線下，以及同年級學生憎恨和嫉妒的視線下，那種感覺如坐針氈。

留美陷入束手無策的窘境。

不論她怎麼回答葉山的問題，都無法獲得同學的好感。如果她選擇善意回應，會被認為太囂張；如果選擇冷淡回應，則會被認為「妳以為妳是誰？別太囂張」。兩種答案都會招來負面評價。

留美聽到葉山對自己提問，感到有些驚訝。

「……不，我對咖哩沒有興趣。」

她努力保持鎮定，給予一個冷淡的回應，然後迅速離開現場。

在一開始便無牌可打的情況下，只能先戰略性撤退。

留美盡可能避開眾人目光，退到人群外圍，亦即我所在的位置。順帶一提，雪之下雖然跟我保持距離，不過也站在同一側。

孤傲型的獨行俠擁有寬廣的個人空間，身上散發的強烈負面氣息能防止他人靠近，效果好到幾乎可以稱之為「固有結界」。說得簡單一點，即是大家對我們敬而遠之，事實就是如此。

留美來到我和雪之下之間，在距離我一公尺處停下來。我們三人皆能看到彼此。

葉山有些不知該如何是好，露出落寞的笑容看著留美，但馬上又轉回頭面對其他小學生。

「既然是個難得的機會，要不要加一點獨門祕方？有沒有人想放什麼呢？」

他用開朗的聲音把大家的注意力拉回去，原本盯著留美的厭惡眼神也得以解除。

「我！我！」

小學生們踴躍舉手，提出咖啡、辣椒、巧克力等各式各樣的點子。

「我！我要加水果！桃子應該很不錯！」

喔，這句話是由比濱說的。那傢伙為什麼跟著起鬨啊，連葉山聽了，表情也略微僵住。

她不僅是跟小學生一般程度，提出的點子還顯現自己是最不會料理的人。

葉山恢復正常表情後，對由比濱說了一些話。接著，由比濱失落地往這裡走來，看來她是被委婉地告知她很礙事。

「那傢伙是蠢蛋嗎……」

我不禁低喃，身旁有人輕聲附和。

「的確，一群蠢蛋……」

開口的人是鶴見留美，她的聲音相當冷淡。我決定從現在開始叫她「留留」。這是「機動戰艦」（註31）嗎？

「這個世界基本上是如此，好在妳提早發現。」

留美聽到我的話，露出不敢置信的表情看過來。那種估價般的眼神，實在讓我不太好受。

此時，雪之下插話進來。

註31「留留」原文為「ルミルミ」，類似「機動戰艦」角色星野琉璃的綽號「ルリルリ」。

「你自己也差不多吧。」

「別小看我，我在一群人中仍能獨處，算是了不起的逸才。」

「也只有你能夠得意洋洋地為這種事情自豪……我對你已經超越無奈，而是感到輕蔑。」

「既然是『超越』，通常不是尊敬的意思嗎？」

留美面無表情地看著我們一來一往，默不作聲。

然後，她稍微靠近一步，對我們開口：

「名字。」

「啊？什麼名字？」

光從「名字」這兩個字，我推測不出她想表達什麼，於是反問回去。留美則明顯不悅，沒好氣地對我解釋。

「我是在問你的名字。通常聽到這兩個字，應該就懂了吧？」

「……問別人的名字之前，應該先報上自己的名字。」

雪之下的眼神銳利到可以傷人的地步，這搞不好是我至今見過最恐怖的一次。跟「瞪視」比起來，說是「用眼神殺人」可能更為貼切。儘管對方是小孩子，她卻未因此手下留情，反而比平常苛刻。她大概不是很喜歡小孩。

留美也震懾於雪之下的眼神，不安地別開視線。

「……鶴見留美。」

她低聲嘟噥，但不到聽不見的程度。雪之下同樣聽見了，於是點點頭。

「我是雪之下雪乃，那位是……比、比企……比青蛙同學？」

「喂，妳怎麼知道我小學四年級時的綽號？妳說我是青蛙沒錯吧？」

不知從什麼時候開始，我原本的名字已經消失，而被當成兩棲類動物。

「是比企谷八幡才對。」

這樣下去的話，我真的會變成青蛙，所以我重新報上正確姓名。

「這位是由比濱結衣。」

「嗯？什麼事？」

我指向往這裡走來的由比濱。她看到我們三人，便瞭解目前正在做什麼。

「啊，對喔，我是由比濱結衣。妳是鶴見留美對吧？請多指教！」

然而，留美只是微微點頭，眼睛並未看向由比濱。她凝視自己的腳邊，有一句沒一句地開口。

「你們兩個人，感覺跟那邊的人……不太一樣。」

她這句話的主詞相當曖昧，所以很不容易理解。我猜，她是說我跟雪之下和「那邊的人」——亦即葉山那群人屬於不同類型。

我們是不一樣沒錯。說到「那邊的人」，此刻正高高興興地挑戰製作特殊口味的咖哩。

「我也跟那邊的人……不一樣。」

她每個字都說得很緩慢，大概是想藉此自我確認。

由比濱聞言，認真地問：「什麼地方不一樣？」

「我的周圍淨是一群小鬼。雖然我之前還會好好配合他們，但後來開始覺得沒什麼意義，便不再那麼做。反正我一個人也可以過得好好的。」

「可、可是，小學時代的朋友跟回憶，對我們來說相當重要喔。」

「我不需要那些回憶……升上國中之後，再跟其他地方進來的同學交朋友就好。」

她倏地抬頭，雙眼聚焦於天空。此刻，夕陽逐漸西沉，夜晚的深藍色渲染天空，點點星光開始閃爍。

她縹緲的眼神相當悲傷，同時帶著美麗的幻想。

鶴見留美仍然相信、期待著，認為進入全新的環境後，一切將會好轉。

然而，那不可能實現。

「非常遺憾，那是不可能的。」

雪之下雪乃直截了當地戳破她的美夢。

留美憤恨地看向雪之下，但雪之下直視她的眼睛，用意思明確、毫不曖昧的詞彙，一字一字無情地斷言：

「妳的同學之後也將進入相同的國中，到時候一切只會重演一遍，妳將和『從其他地方進來的同學』一起被排擠。」

從地區的公立小學升上公立國中時，過去建立的人際關係會持續下去，因此小學時的負面形象，將跟著她進入國中。縱使她到時候認識新的朋友，過去的負債依然會從某個地方滲進來。

不論她本人願不願意，她的過去將成為笑柄或閒聊時的話題，廣泛流傳開來。對其他男男女女來說，她的用處只剩下供大家愉快地交流。

「……………」

在場沒有任何人提出反駁。我自然不可能提出異議，由比濱則尷尬地閉上嘴巴，留美也默不作聲。

「這些妳應該都很清楚吧？」

雪之下繼續追問。

留美依然不說任何一句話，雪之下見了，緊緊抿住嘴角，彷彿在忍耐什麼。

難道說，她在留美身上看見過去的自己？

「果然是那樣……」

留美死心地低喃。

「我真是做出一件大蠢事。」

「妳遇過什麼問題嗎？」

面對留美自嘲的口吻，由比濱平靜地詢問。

「曾經有好幾個人受到排擠……不過，通常過一陣子便恢復正常，大家又開始聊天，有點像是一時的風氣。每次都是某個人起頭後，大家便跟著那麼做。」

留美說得輕描淡寫，但我聽著聽著卻開始起雞皮疙瘩。那太恐怖了！

「有一次是跟我很要好、經常聊天的人被排擠，當時我也跟他保持一點距離……但不知道什麼時候就突然輪到我。我明明沒有做什麼。」

這種事情還需要什麼理由？連排擠的一方都不一定說得出所以然。他們不過是受到神祕的義務感驅使，認為非得那麼做不可。

「只因為我跟那個人聊過許多東西。」

前一天跟你還是朋友的人，隔天卻拿你的祕密逗別人開心。

來到小學六年級，多少會有喜歡的異性。那種既陌生又抑止不住的戀愛情感，會使人產生找人傾訴的衝動。不過，那畢竟是一件難為情的事，所以只會告訴自己信賴的人。

既然知道要提醒對方「絕對要保守祕密喔」，為什麼一開始要說出去？你們是鴕鳥俱樂部（註32）嗎？

雖然我現在能夠如此說笑，但對當時的我來說，可是一段相當痛苦的歷程。

本來是因為信任對方，才把祕密告訴對方，結果反而使自己受到攻擊。

世界上的壞人不可能每個都一模一樣。

大家平常都是好人，或至少都是普通人。

註32　日本的搞笑團體。

但是到緊要關頭時，卻會突然變成壞人。這一點是可怕的地方，所以不能掉以輕心。

這段話忽然閃過我腦海。

大家都相信沒有人一生下來即是壞人，包含我在內。我深信自己是善良的。然而，當自己的利益受到侵害時，人們會立刻露出獠牙。

原本不屬於邪惡的人一染上惡，便開始尋求理由。他們為了和自己的另一面保持一致，會把整個世界顛倒過來。

他們到昨天為止還稱讚很沉著的人，將被解釋成高傲自大；頭腦聰明、頗受尊敬的人，將被說是看不起成績不好的同學；活潑外向的人，則被扭曲成聒噪、得意忘形。

他們揮舞正義之劍，制裁顛倒世界中的惡人。

他們無法憑一己之力肯定自我，故而成群結黨，大談別人的罪孽有多深重，有如眾所皆知的事實，藉以培養出正義感。原本微不足道的小小不滿，因此越長越大。

這不是欺瞞的話，又是什麼？

他們在那個封閉世界中，時時刻刻懼怕著有可能輪到自己，因此在自己淪為下一個受害者之前，必須先尋找代罪羔羊。

於是，這成為一個沒完沒了的循環。

犧牲他人尊嚴換來的友誼，有什麼意義可言？

「升上國中之後……還是會變成這樣嗎？」

留美顫抖的話音中夾雜哽咽。

這時，另一邊爆出一陣歡呼，蓋過留美的聲音。明明兩邊相距不到十公尺，那邊看起來卻像是遙遠的異鄉。

× × ×

鍋碗湯匙的碰撞聲響此起彼落。

留美帶著半放棄的表情，默默走回自己的小隊。我們目送她離去後，回到自己的營地。

平塚老師看顧的咖哩中，馬鈴薯看起來燉煮得相當入味，飯鍋裡的白飯也煮得香噴噴。

烹飪區的附近有木製餐桌和一對長椅，我們盛好各自的餐點後陸續就座。

首先是雪之下，她毫不猶豫地選擇最靠邊的位子，小町自然而然坐到她旁邊，然後是由比濱。第四個人比較意外，竟然是海老名。接下來，三浦坐上長椅的另外一端。我以為三浦會坐最中間，實際上並非如此。

至於男生部分，戶部坐在三浦的正對面。他似乎對三浦滿有好感，因此可以理解。戶部入座後，葉山坐到他旁邊。

我個人是坐哪裡都無所謂，本來便打算撿剩下的位子。說到這個，每次碰到要分隊或分組的活動時，總是最後才輪到我。這是因為我大人有大量，大方讓其他同學先選。

現在，可能坐到葉山旁邊的人有我、戶塚和平塚老師。

「嗯……」

戶塚來回打量我跟平塚老師，思考該如何行動。

「八、八幡想坐哪裡？」

「我都可以，坐剩下的位子即可。」

「因為『剩下的東西最有福』嗎？」

「不，我不是這個意思……」

我只是在不知不覺中變成這樣，與任何個人自由意志或信念完全無關。

「剩下的東西最有福……對喔！有道理……一定是這樣沒錯！」

平塚老師聽到這句話，有如得到上天的啟示，瞬間恍然大悟，還開始自言自語。老師，妳對「剩下的東西」這個詞太敏感了……拜託妳趕快得到幸福。

「不管怎樣，我們隨意就座吧……戶塚想坐哪裡？」

「只要能坐八幡旁邊，哪裡都可以。」

「……………」

戶塚這句話說得極其自然，所以我的反應跟著慢半拍。下一秒，他似乎明白自己說了什麼，連忙遮住嘴巴。

「這、這樣聽起來好像有點奇怪……因、因為中午忙著準備東西，還要應付小朋友，所以沒什麼機會說話……」

後面這幾句補充，不但沒改變他說出口的事實，還讓我更加怦然心動。

「好啦，哪個位子都可以，趕快坐下。」

我感到既難為情又害羞，推著戶塚的背催他入座。他的背到底為什麼如此纖細？而且體重這麼輕，我推他的背時，竟然感受不到任何抵抗力。

「那麼，我坐這裡。」

戶塚把手伸到桌面下朝我示意，小心翼翼地不被其他人看到。

「……好。」

其實他不需要那樣招手，我也會自動坐過去。

我感到一陣安心，表情跟著和緩，於是趕緊用一隻手遮住，假裝要打呵欠。

「那我坐這裡。」

最後，平塚老師坐到我旁邊，亦即長椅的另一端。老師就座後，大家一起合掌說「開動了」。

這麼一想，我已經好久沒跟這麼多人一起用餐。明明只是兩年前的事情而已，現在回想起來，感覺卻非常遙遠。

「好像在吃營養午餐喔。」

「而且餐點同樣是咖哩。」

戶塚有相同的想法，輕聲對我說道。由於我們靠得比平時近，我不禁心生動搖，因而回應得非常坦率。

「男生真喜歡吃咖哩。每次看到菜單上出現咖哩，就變得超興奮。」

由比濱也回憶起過去。男生對營養午餐出現咖哩感到興奮這點，不論在哪間國小或國中似乎都一樣。我念過的學校同樣如此。

「沒錯沒錯，負責打飯的學生弄翻整鍋咖哩時，還會被大家罵得很慘。」

稍遠處的戶部一邊扒著咖哩，一邊笑道：「對對對！我也遇過！」

「然後啊，那個人被全班砲轟，只好穿著被咖哩弄髒的白衣，去其他班級要多出來的咖哩。但其他班級當然不高興咖哩被分走，所以也把他罵得很難聽，那傢伙後來受不了，還在走廊上哭出來。不過最慘的在後頭，那件白衣上的咖哩洗不掉，交給下一個學生時，被笑說『他的白衣上都是咖哩味』，因而得到『加齡臭』（註33）這個綽號。」

「我是沒有那麼慘啦……」

「為什麼你描述得如此詳細……是親身經驗嗎？」

由比濱和雪之下停下手邊的動作，看向我問道。

註33「加齡臭」為中高齡人口特有的體味，日文發音和「咖哩味」相同。

「那件衣服上的咖哩真的洗不掉，快把小町累死了……」

現場所有人紛紛對我表示同情。一片無聲中，我還聽得見提早出現的鈴蟲鳴叫。

葉山輕咳一聲打圓場。

「沒辦法啊，男生都喜歡吃咖哩，所以才會那麼殺氣騰騰。碰到點心是麥芽果凍的日子也一樣。」

天啊，那種味道獨特、有點像美祿的神祕果凍真令人懷念！超好吃的！點心是麥芽果凍的日子，大家最會乖乖到學校上課。

葉山繼續說道：

「我問過來自其他縣的朋友，不過好像只有千葉縣的營養午餐才有麥芽果凍。」

「什麼？」

「真的假的……」

「不、不會吧……」

「喂喂喂，那樣其他四十六個都道府縣的人不是太可憐嗎……」

由比濱、三浦、小町忍不住感到震驚，我也懷疑起日本的幸福指數是不是下降了。連海老名都說不出話，餐桌上陷入一陣騷動。

葉山靠剛才那番話顯示他對千葉的理解。

然而，光靠那點程度仍不夠格冠上「千葉百科」之名。我在其他地方輸給他都沒關係，唯有對千葉的知識絕不能輸！

「那你們知不知道，只有千葉縣的營養午餐才會出現味噌花生？」
「嗯，知道。」
「那有什麼好懷疑的？」
「也只有我們千葉人會在家裡吃這種東西。」
大家的反應未免太冷淡。還有，原來三浦家會吃味噌花生啊，連我們家都不太吃呢。

× × ×

不算大的水壺發出「喀噠喀噠」的聲音顫動，隨後，刺耳的汽笛聲響起。
小町立刻起身，拿出茶包泡紅茶。
夜晚的高原本來就有點涼，當小學生逐漸散去、四周靜下來後，寒意更是明顯。樹梢沙沙搖曳，遠處傳來潺潺流水聲。
現在即將進入小學生的就寢時間，不過大家跟朋友聚在一起，當然不可能乖乖入睡。我猜他們一定會玩起枕頭戰，並且在床上吃點心、聊通宵。
不過，還是有些學生早早就寢。打不進那些圈子的人，會盡可能早點入睡。不單純是因為孤獨實在很難受，還出於自身的關懷，希望其他小孩不需顧慮自己，把自己當成空氣，盡情享受美好的夜晚。雖然根本沒有人會注意到他們就是了。

所以，請你們別在我熟睡後惡作劇，還笑得嘻嘻哈哈，甚至拍照留念好不好？我好歹有顧慮到你們耶。

葉山「咚」一聲放下紙杯。

「他們大概像畢業旅行的晚上一樣，聚在一起聊天吧。」

他的語氣宛如在回憶過去。

我們高中生還不到去畢業旅行的時候，那是二年級第二學期的行程。又有一個走在大家後面三步、晚上盡速就寢的簡單任務在等我。

我是因為已經克服這道障礙才覺得沒什麼，不過，對於正處這個階段的人來說，那只能算是一項痛苦的修行。

「她會不會有事呢……」

由比濱有點擔心地問我。

我不用反問也明白她是指鶴見留美。除了我、雪之下、由比濱曾聽留美親口提起之外，大家也察覺到她被同學孤立。而且不只是我們，那麼明顯的事實，任何人看了都知道。

我聽到一陣「啪嚓」聲，平塚老師平靜的側臉在樹蔭下微微發亮，灰白色的煙霧向上攀升。她稍微吸一口菸，改為蹺起另一隻腳，煙霧跟著晃動。

「嗯……你們在擔心什麼事？」

聽老師這麼問，葉山回答：「有個學生被其他同學排擠……」

「是啊～～好可憐喔～～」

三浦附和葉山的話，我聽了卻覺得有點不是滋味。

「……葉山，你錯了。你不瞭解真正的問題在哪裡。先不論她獨來獨往這件事，現在的問題在於她是受到惡意排擠。」

「啥？你說哪裡有錯？」

我在對葉山說話，提出質疑的人卻是三浦。好恐怖。

「有些人是因為喜歡才自己一個人，有些人則非如此……是這個意思嗎？」

「嗯，差不多。」

所以我們不是要防止她繼續獨來獨往，而是改善迫使她變得如此的環境。

「那麼，你們想怎麼做？」

「嗯……」

平塚老師一問，大家都陷入沉默。

我不想採取什麼行動，只是針對眼前事件發表意見而已。

好比說，我們看著電視上關於戰爭或貧困的紀錄片，嘴巴上說些「好可憐喔」、「他們過得真辛苦」、「我們應該做些什麼」之類的話，同時坐在家裡舒舒服服地吃著好吃的飯，那樣是不會觸發什麼行動的。我們只會做做表面工夫，感謝自己能夠幸福地活著，然後就沒有下文。

我們或許會做十圓、一百圓的小額捐款，但也僅止如此。

當然會有人意識到問題，真心想要解決。那確實是非常了不起的行為，我會尊敬、稱讚對方。畢竟對需要幫助的人而言，捐款的確有實質意義。

但是，我們不一樣。不論是我、葉山還是三浦，都不是真心想做些什麼，而且事實上也做不了什麼。我們很清楚這一點，會以沒有能力為藉口，但仍想肯定自己善良的一面。

即使是跟自己無關的事，一旦親眼看見，便無法假裝不知情。但是，我們什麼都做不到，所以至少讓我們致上憐憫——僅此而已。

這是一種美麗又崇高的情感，同時是醜陋的藉口。我厭惡充滿欺騙的青春，這不過是那種青春衍生出來的事物。

「我……」

葉山張開緊閉的嘴。

「可以的話，我想在能力所及的範圍內幫助她。」

他的作風就是這麼溫柔。但是，這並非單純對留美溫柔，也是對他自己以及周圍所有聽到的人溫柔。

這是不傷害任何人的善意謊言。他讓我們燃起些許希望，又用迂迴的方式把絕望包覆進去，暗中透露也有做不到的可能性，給大家事後辯解的空間。

「以你的力量是做不到的，沒錯吧？」

葉山說得好聽卻曖昧，雪之下立刻潑他一盆冷水。在黑夜中的燈火下，她撥開頭髮，冰冷地看向葉山。

她大概是指稍早葉山對留美開口一事，才敢如此大膽地下斷言，如同根本不需詢問理由的明確事實。

葉山臉上閃過一陣苦澀，有如內臟受到燒灼一般。

「……沒錯……但是，這次不一樣。」

「是嗎？」雪之下聳聳肩，冷淡地回應。

大家沒想到她會跟葉山發生這段對話，現場頓時陷入一片低氣壓。

我也選擇不開口，靜靜地繼續觀察。

其實在葉山造訪侍奉社時，我便察覺到了。雪之下對待他的那種冷漠，不同於平常對其他人的冷漠。

雪之下對一般人冷漠，只是要表達隔絕之意；不過她先前的話中，含有明確的意志。

我現在可以確定，他們之間發生過我不知道的事。到底是什麼樣的事情？尷尬的氣氛讓我覺得有點恐怖，不過這根本不重要。

「唉……」

平塚老師為免現場太過沉默，又點燃一根菸，從容地抽起菸。五分鐘後，她在菸灰缸中捻熄吸完的菸，對雪之下開口。

「雪之下，妳呢？」

雪之下輕撫下顎。

「……我想先確定一件事情。」

「什麼事？」

「老師先前說過，這個露營同時是侍奉社的集訓活動。那麼，那個女孩的問題是否包含在活動當中？」

老師短暫思考一會兒後靜靜頷首。

「嗯……這次幫忙露營的志工活動，屬於社團活動的一環，所以在原則上是可以納入範圍之中。」

「這樣嗎……」

雪之下閉起眼睛。

夜風逐漸減弱，枝葉不再沙沙作響，彷彿整片森林都豎起耳朵細聽，深怕遺漏她的任何字句。在場的人不發出任何聲響，一同等待著。

「如果她請求協助，我會使用各種手段盡全力解決。」

她毅然決然地做出宣言，凜凜的話音中滿是絕不動搖的堅強意志。

太帥了，雪之下！如果我是女生，一定會被妳迷得神魂顛倒。妳看，一旁的由比濱和小町都露出陶醉的表情。

平塚老師相當滿意這個答案，大力點頭。

「所以，對方已經提出請求嗎？」

「……這個我不知道。」

我們的確沒受到留美拜託，應該說還沒明確詢問她本人的意思。

由比濱輕拉雪之下的衣服。

「小雪乃，她會不會即使想說也說不出口呢？」

「妳的意思是，她不相信任何人？」

我出聲問道，由比濱猶豫一下才回答。

「嗯，那也是原因之一……但留美不是說排擠的情況很常發生嗎？而且她自己也曾跟被排擠的人拉開距離，所以，如今變得很難找人幫忙。我不認為只有她一個人不對，搞不好大家都一樣……在有些環境中，就算想跟對方說話、交朋友，也沒辦法如願。但那樣又會有罪惡感……」

由比濱在這裡打住，稍微調整呼吸後，開玩笑似地繼續說道。

「哎呀～說來實在很不好意思，不過要跟大家都不理會的人說話，果然需要非常大的勇氣～」

雪之下凝視由比濱的笑容，宛如凝視著耀眼的事物。

在正常情況下，對獨行俠開口說話的確很需要勇氣。由比濱初次進入侍奉社社辦時，也顯得相當緊張，但她依然克服困難，鼓起勇氣對雪之下和我開口。

那樣的一個人，笑起來當然耀眼。

「可是，那樣在留美的班級中，會變成不合群的舉動吧？大家都擔心『如果我跟那個人說話，可能會被人排擠』，所以都先保持距離，或給自己更多時間做心理準備，結果，每個人到最後還是在原地踏步……哇，天啊！我是不是說了什麼很壞心的話？這樣真的沒問題嗎？」

由比濱驚慌地觀察我們的反應，不過沒有人顯露不滿，大家的嘴角都泛起苦笑、呆愣、感動，露出五味雜陳的各種笑容。

由比濱真的很了不起。如果我是女生，一定會想跟她做朋友。

「放心，我認為這非常像妳……」

雪之下如此低喃。雖然她的聲音很小，話中卻蘊含豐富的感情。

由比濱聞言害羞地臉紅，不再說話。

平塚老師面帶微笑看向這兩人。

「在場有人反對雪之下的結論嗎？」

她停頓幾秒後，慢慢環視我們的反應。在場沒人表達反對，但我認為是「不敢表達反對」。要是說出「我怎麼可能會去幫助別人？我要回房間」這種話，等同立起死亡旗幟。

「很好。那麼，你們就好好思考該怎麼做。我先去睡覺。」

老師忍著呵欠，從座位上起身。

×　×　×

全員一致通過要解決這個問題後，才經過不到幾分鐘，討論內容便陷入一片混亂。我們的討論主題是「鶴見留美該如何跟周圍人和諧共處」。

第一個發表意見的是三浦。

「我說～那個女孩那麼可愛，跟其他可愛的同學交朋友不就好了？叫她主動開口看看，然後成為朋友，事情不就解決了嗎？」

「對啊對啊～優美子的腦筋真好～」

「哼，當然囉～～」

哇～三浦超強的～不愧是強者才有的想法～戶部同學能夠理解，果然也很厲害，我開始尊敬他了～

「那、那只有優美子才辦得到……」

由比濱卻不那麼認為。

不過我也因此明白，三浦之所以會跟由比濱交朋友，原因之一在於外表。由比濱長得很不錯，而且心地善良，可惜是個毫無防備的笨蛋。從各種方面來說，都還滿危險的。

「雖然優美子的說法不是很理想，但幫她製造機會這點是正確的。不過以這次情況看來，要她主動跟人說話，難度可能很高。」

葉山拿出社會人士的拒絕技巧，一方面肯定三浦的思考方向，一方面委婉地否定。

「這樣啊～」三浦有些不滿，但還是點點頭退下。

接下來，海老名信心滿滿地舉手。

「姬菜，妳說說看。」

葉山說出一個名字。正當我納悶他叫的人是誰時，戶塚拉了拉我的上衣。

「姬菜是海老名同學的名字，歌姬的姬、花菜的菜。」

他大概看見我露出「那是誰啊」的表情，才悄悄告訴我。他吐出的氣息逗弄我的耳根，還飄來一陣香氣。可惡！戶塚明明是男的，為什麼像一朵嬌媚的花！

海老名的全名是海老名姬菜，記起來了，但我不覺得自己會有用到的一天。

海老名有條不紊地說道：

「不用擔心，讓她擁有興趣即可。只要埋首在興趣中、多參加各式各樣的活動，便能拓展交友圈，找到自己真正的容身之處。我們要讓她明白，校園生活並非人生的一切，這樣一來，她將能用更愉快的方式看待任何事。」

老實說，海老名提供的方式意外地有道理，讓我嚇一跳。尤其是「校園生活並非人生的一切」這句話，可說是非常正確。在小學和國中階段，家庭和學校幾乎等於我們的整個世界。一旦我們在這兩個地方遭受否定，即會覺得整個世界都否定自己。

海老名則不這樣認為，主張只要在學校之外找到能讓留美抬頭挺胸、積極向前的地方即可。原來如此。擁有交友圈的話，便有容身之處，然後可以從那裡擴大自己的人際關係。而且根據海老名的說法，這似乎是她的親身經驗。

她又繼續說下去。

「我因為ＢＬ交到很多朋友！沒有女生討厭同性戀！所以雪之下同學也可以跟我——」

「優美子，妳去跟姬菜倒茶。」

葉山迅速打斷海老名的話。三浦立即站起身，抓住海老名的手臂。

「沒問題。走吧，海老名。」

「啊！人家還在傳教耶～」

海老名試圖掙扎，隨後被三浦敲一下頭拖離現場。

雪之下目送那兩人離去，臉上浮現戰慄的表情。

「那個人是打算要我做什麼……」

「小雪乃，妳不用知道……」

由比濱無奈地回答，看來她也被傳教過。

更何況，透過ＢＬ結交的朋友可能會因為配對問題吵架；或以為對方是腐女而交朋友，卻發現她單純是個御宅族而不了了之。在興趣的領域中，同樣潛藏許多令人頭痛的問題。

在海老名之後，大家又陸陸續續提出不少想法，但是沒有實際的妙計。

如果大家討論得不熱烈，意見自然會越來越少。這是我從班會歸納出的結論。你們平常上課時明明不怎麼發言，為什麼公審我的時候，馬上變得那麼踴躍？

大家陷入沉默後，葉山忽然幽幽說道：

「看來想根本解決問題的話，還是得讓大家好好相處……」

我聽到這句話，不由得發出乾笑。

雖然葉山不悅地看向我，但唯有這時候，我不會逃避他的視線，也不會不懂裝懂地點頭同意。我擁有十足把握，敢當著葉山的面嘲笑他的想法。

他果然仍不瞭解問題的核心在哪裡。

「大家好好相處」這句話正是整起事件的元凶，這是受到詛咒的空洞口號。它擁有命令人絕對遵守的力量，如同Geass。

教師們在狹隘的世界中施行這項惡法，「無視」學生間的摩擦，以維護其勉強撐起的地位，要求大家遵守。但是，班級中一定會出現個性不和或是讓人討厭得要命的傢伙。在這種情況下，如果明確告訴對方「我不喜歡你」、「我不想跟你有太多牽扯」，事情還有轉圜的餘地，甚至出現改善和溝通的空間，然而，我們總是選擇壓抑，只圖表面上的和氣，所以，那是辦不到的。

懶散的人們欺瞞自己，在私底下達成默契，認為只要問題不浮上檯面就不算是問題。因此，我才否定葉山所言。

有這種想法的，不只有我一個。

「那是不可能的，完完全全不可能。」

雪之下凜然的聲音比我的嘲笑更加冷酷，葉山的想法和眼神隨之崩毀。

他輕嘆一口氣，別開視線，三浦見到這一幕，大聲發出抗議。

「雪之下，妳是怎樣？」

「嗯？」

相較於她粗暴的口氣，雪之下顯得一臉若無其事，這無疑是對三浦火上加油。

「我是說妳的態度！難得大家想要和平相處，妳為什麼說那種話？我對妳沒有一點好感，只是為了有一趟愉快的旅行才一直忍耐。」

「好啦好啦，優美子。」

她一口氣把心中的不滿宣洩出來，由比濱連忙安撫，但雪之下絲毫不打算作罷。

「哎呀，想不到妳對我的印象不錯嘛，我可是很討厭妳。」

「小、小雪乃，別再說了。」

由比濱夾在兩人之間，這次又忙著為雪之下滅火。這位小小消防員真有膽識。

可是，灑水並非萬無一失的滅火方式。如果是化學藥品引起的火災，灑水反而會讓火勢更猛烈，現在正是這種情況。

「結衣，妳等一下。」

「……妳到底要幫哪一邊？」

炎之女王睜圓雙眼，冰之魔女的話語寒到骨子裡。這兩人搭配起來，絕對是最強組合。是梅都洛亞（註34）嗎？感覺連大魔王巴恩都會小命不保。

「呀！」

由比濱嚇得縮起身體不停顫抖。

討厭～～好可怕喔～～

「紅茶真好喝啊，戶塚。對了，不知道材木座過得怎麼樣，應該還不錯吧～」

「面對現實啦，八幡……」

不行，太可怕了，我辦不到。

雪之下和三浦怒目相視，好在她們中間相隔三個人，所以情況沒有演變得更糟。如果有哪些人處不好，一定得把他們拆開才行。讓他們分別坐在同一排的兩端，就不會碰到面。

這時，位於緩衝區的小町忽然想到什麼。

「不過，從小町粗略的觀察看來，留美的個性非常麻煩，可能很難融入全是小學女生的團體。等她再長大幾歲，說不定會跟風雲人物處得不錯。」

正如同小町所言，留美將來八成會是很享受校園生活的人。即使跟女生處得不好，依然會有一堆男生主動找她。從這一點看來，她還是有希望跟女生好好相處。

註34「勇者鬥惡龍——達伊的大冒險——」中登場的毀滅咒文。下一句中的「巴恩」，則是該款遊戲的最終頭目。

咕！無聊透頂。

葉山聽完小町的話，理解似地「嗯、嗯」點頭。

「有道理。與其說她個性冷漠，還比較像是現階段冷淡一點。」

「那才不是冷漠，純粹是瞧不起人吧？老是一副瞧不起別人的態度，當然會被排擠。跟某個人一樣。」

三浦挑釁地笑道。雪之下只是淡淡回應：

「那是你們自己有被害妄想。因為自知比不上別人，才會覺得被瞧不起吧？」

「妳就是因為講這種話——」

「優美子，別說了。」

三浦正要猛然站起身，但被葉山低沉的聲音制止。此刻的葉山並非平常那種隨興的態度，渾身散發一股不由分說的魄力。說得簡單一點，其實有點恐怖……

「隼人……哼！」

三浦也被他的態度嚇一跳，因而乖乖坐回座位，不再開口。

現場氣氛沉重到快讓人窒息，大家無心討論下去，最後決定留待明天繼續進行。「政治」大概就是這麼一回事。

不過，連我們高中生都不能好好相處，當然更不可能要求小學生那麼做。

三浦優美子
yumiko miura

生日
12月12日

專長
網球、指甲彩繪。

興趣
購物、卡拉OK。

假日活動
購物、打工、
漫無目的地到處遊玩。

海老名姬菜
hina ebina

生日
7月14日

專長
畫圖、排在人龍般的隊伍中。

興趣
閱讀（歷史小說，主要是三國志和幕末故事），畫圖。

假日活動
參加活動、去池袋購物、
朋友聚會。

5 雪之下雪乃獨自仰望夜空

鏗——附近傳來溫泉池特有的聲響。其實我已經納悶很久，這到底是什麼聲音？洗澡盆嗎？

我快速洗好頭、臉、身體後，立刻泡進熱水中。

感覺像是在泡溫泉。

沖掉身上的汗水後，一陣舒暢逐漸竄遍全身。

訪客會館內設有大澡堂。舉凡學校辦理的各種過夜活動，大至畢業旅行小至校外教學，男女生的洗澡時間都會錯開。

不過我目前所在之處，是管理大樓內的澡堂。

由於我們討論得太晚，剩下的時間僅夠一組人使用大澡堂。但是我們有男生、女生、戶塚三組人，時間明顯不夠。

後來，我們決定男生借用管理大樓的這間澡堂。這裡跟一般家庭的浴室沒有什麼不同，一次只能進去一個人。反正也沒有什麼男生會因為跟同性洗澡而感到高興，那就這樣吧。

雖然我不是不能跟戶塚一起洗，不過一想到那幅情景……總之，感覺不是不太妙嗎？萬、萬一戶塚其實是女生，我的長槍肯定會興奮起來；萬一戶塚是男生，長槍照樣興奮起來的話，我的性向可能就有問題了。

所以，還是一次一個人洗吧。

男生洗澡其實只是過一下水，根本不需要多少時間。如果我是在戶塚之後洗，還可能泡在熱水裡慢慢享受，但事實上，我是接在戶部和葉山之後，於是泡個三兩下便馬上出來。

我在更衣處擦乾身體後，手伸進裝衣服的籃子摸索。

「內褲，內褲……嗯？」

我抓到自己的內褲時，更衣處的門正好開啟。即使現在趕忙穿起內褲，也已經來不及了。啊哇哇～～主人！敵人攻打過來啦><！

戶塚打開門，把頭探進來。

「啊，八……」

「　　」

接著，時間再度開始轉動。

「啊、啊哇哇哇！對、對不起！」

「哪、哪哪哪哪裡！我也很抱歉！」

戶塚連忙關門，我也用最快的速度穿起內褲、套上T恤和短褲，全程花不到十秒鐘。

「換、換你吧。」

我對門外出聲說道，然後，戶塚非常小心地慢慢把門推開三公分，從縫裡確定沒有問題後，才安心地鬆一口氣，走進更衣處。

「抱、抱歉，我以為你已經洗好了……」

戶塚低頭向我道歉，抬起頭後兩人對上視線，這時，他又紅著臉別開眼睛……為什麼你要臉紅？這樣連我都覺得不好意思。

「那、那麼，我去洗澡。」

「喔，好。」

兩人再度沉默地面面相覷。

「那個……我要脫衣服……」

戶塚揪著身上T恤，抬起泛淚的眼睛，眼神像是在責備我。

「你那樣一直看著……讓我有點為難。」

「啊，對喔。抱歉抱歉，我先出去。」

即使我們都是男生，如果自己換衣服時一直被對方盯著，想必也不會很好受。

チーン
チーン

我關上更衣處的門離去，背後傳來的水聲格外令人在意。

話說回來，這跟我所知道的入浴橋段不太一樣。老天爺是笨蛋嗎？想死嗎？至少把立場顛倒過來……不對，顛倒過來還是一樣很蠢。

× × ×

葉山和戶部已經回到露營地的小木屋。

他們兩人都在悠閒地玩手機，不過葉山使用的是平板型裝置，手指在螢幕上唰唰唰地滑動，動作既帥氣又華麗，看來有如菁英分子。不過，我還是要不厭其煩地說明：我不管拿出那種裝置炫耀的人，是不是都認為自己很厲害，不過真正厲害的不是使用者，而是裝置本身，快點醒醒吧！

他們腳邊有一疊撲克牌，但絕對不可能找我一起玩。房間內只有葉山和戶部不時發出的談笑聲。

我自個兒在房間的最內部鋪好棉被躺平，接著在行李中摸索一番，但是沒找到什麼可以打發時間的玩意兒。儘管行李是由小町所準備，但在那麼短的時間內，果然沒辦法準備得非常周到。

無妨，現在只要有手機，幾乎能做任何事。於是我隨便玩著手機，等待周公召喚。

這時，我聽到背後傳來戶部和葉山的對話。

「嘿，隼人，你在看什麼？A片嗎？」

「不，只是在看掃成PDF檔的參考書。」

「哇！你說那是什麼？聽起來超厲害的〜〜」

不，你們的對話中，並沒有任何特別厲害的玩意兒。

不過，把參考書掃成PDF檔帶著到處走，聽起來挺方便的。參考書的量一多，重量可是相當驚人，也可能會漏帶其中一本。

「葉山，你的頭腦真好。」

我只是自言自語，對方有沒有聽到都無所謂。獨行俠經常像這樣自言自語。

但葉山是由錯誤的溫柔幻化而成，自然不可能漏聽。

「並沒有那麼好。」

「哪有，隼人的成績超噁的耶！文組中不是排名很前面嗎？」

「噁心」這個字眼原本用於形容不好的事物，不過時下年輕人把它的意思顛倒過來，跟「人家一點也不喜歡啦」是一樣的道理。

「那也只是成績好……」

葉山不知該怎麼回答，露出曖昧的笑容。

難道他是把考試成績跟聰明程度分開看待，會把話說得很麻煩的那種傢伙？

「什麼只是成績好，你的名次不是都排在最前面嗎？」

「但上面還有雪之下。」

…………

好，我知道了，我不小心發現這件事實。

為什麼我總是安於第三名呢？

因為第一名跟第二名早已定下來。

外表、性格、腦袋兼備……這種絕望感，有如看到悟空和貝吉塔合體。為什麼世界上會有這種人，好歹國文這一科讓我贏一下嘛……

我悶悶不樂地準備入睡。這時，房門喀嚓一聲開啟。

「呼……我洗好了。」

戶塚走進小木屋，反手把門關上。他用毛巾擦拭著尚未全乾的頭髮，走過我身邊時，洗髮精的香氣飄散過來。戶塚坐到地上，拿出背包裡的吹風機吹頭髮。

洗完澡後紅冬冬的肌膚、溼漉漉的頭髮——兩相映襯之下產生煽情效果，令我不自覺看得出神。

他最後把頭髮往上撥，確定是否完全吹乾，接著滿意地呼出一口氣。

「我已經好了……」

「那麼差不多該睡啦。」

葉山回答後，戶部和戶塚都開始準備就寢。我早已鋪好棉被躺平，所以沒什麼事好做，真是有先見之明。

戶塚吃力地把棉被搬過來，鋪在我的隔壁。他看了我一眼，拍拍枕頭問：

「我……可以睡這裡嗎？」

「……可以啊。」

彼此視線相對，我的腦海中再度浮現稍早在澡堂發生的糗事。事後回想起來，還是覺得很丟臉。竟然被戶塚看到……只好請他負起責任，養我一輩子。

戶塚倒是沒有特別在意，以毫無防備的姿勢躺過來。喂喂喂，你睡到一半翻身的話，我可是會親下去喔！

葉山鋪好棉被後，手伸向電燈開關。

「我關燈囉。」

啪嚓一聲，天花板上垂吊下來的燈泡熄滅。

「喂，隼人，你不覺得有點像畢業旅行的夜晚嗎～」

「嗯，有那種感覺。」

葉山回答得有些敷衍，大概是想睡了。

「……我們來聊聊喜歡的人吧～」

「不要。」

他一口回絕戶部的提議，這點讓我有點訝異。

「哈哈……有點不好意思呢。」

戶塚也尷尬地輕笑道。

「為什麼～有什麼關係？來嘛來嘛～好啦，我知道了，我先說總可以吧？」

戶部絕對是因為自己想說才提出這個話題。

葉山和戶塚大概抱持一樣的想法，不約而同苦笑著嘆一口氣。

「老實說，我——」

我們不用聽也知道，戶部肯定是對三浦有好感，才會一直向她搭話。

「——我覺得海老名還挺不錯的……」

「……真的假的？」

結果他說出的人物出乎意料，我忍不住反問。戶部一下子聽不出是誰發問，猶豫地回答道：

「咦？喔，什麼嘛，原來比企鵝在聽啊～我看你沒有反應，還以為你睡著了～」

「嗯，不過我有點意外。本來以為你喜歡的是三浦。」

「算了吧～我根本對她下不了手……而且太恐怖了。」

原來你也覺得她很恐怖……照這樣看來，幾乎所有男生都懼怕她。喂喂喂，即使是幽靈，也不見得每個人都相信，三浦可怕的程度已經到達大災難的等級。

「不過，我看你很常跟三浦講話。」

「嗯……那個啊，不是有句話說『射人先射馬，擒賊先擒王』？」

「不管我怎麼想，三浦才是『王』吧。」

不過，我意外地能夠理解戶部的心情。面對越喜歡的對象，反而越不敢開口。

這點男生都相當清楚。

「結衣也滿不錯的，可惜她是個笨蛋。」

沒錯，她確實是個笨蛋，但我覺得輪不到你來說。

「而且她頗受歡迎，競爭相當激烈。」

……好吧，可以理解。

大家都喜歡溫柔的女生，尤其沒人緣的男生經常會錯意而上鉤，次數高到嚇死人的地步，根本是大豐收。她們的釣魚技術可不是開玩笑的，釣到的大魚連天才小魚郎都要自嘆不如。

因此，我才沒有感到驚訝感到動搖感到意外沒有嚇一跳沒有動搖也不覺得驚訝……搞什麼，明明動搖得這麼明顯。

我悄悄嘆一口氣，戶部則繼續說下去。

「男生看到海老名都不會想追她，我可以算是反其道而行吧。」

海老名位於上層階級，長相又很可愛，可惜興趣實在太特殊，男生才會對她敬而遠之。不過她大肆宣揚自己的喜好，可能也是為了保護自己。真正有那種興趣的人，應該會刻意隱瞞才對。說不定我突破盲點囉！

戶部這時才想到都是他自己在說，於是轉向我們。

「那你們呢？」

「喜歡的女生嗎？女生……沒有特別喜歡的。」

戶塚沒有喜歡的女生。那、那麼，有沒有喜歡的男生？

戶部跳過一個人興奮起來的我，接著對葉山問道：

「隼人呢？」

「我……算了吧，別問我。」

「啊，喂！隼人，那可不行！一定有對不對？快點說嘛！」

「…………」

「第一個字母也可以！」

葉山拗不過他，嘆一口氣回答：

「……Y。」

「Y、Y……」

「到此為止，睡覺吧。」

葉山難得有些惱怒，不讓戶部繼續追問。他平時對人總是很和氣，我好像幾乎沒看過他焦躁的樣子。換言之，他如今坦率的表現，也代表他對戶部的信任程度。

「真是好奇～我睡不著啦～要是我死於失眠，一定是隼人的錯！」

面對葉山的怒氣，戶部選擇四兩撥千斤。那是他們避免氣氛弄僵的方法，開開小玩笑的確可以防止彼此間的關係和現場氣氛惡化。

我在寂靜的黑暗中，盯著虛空發呆好一會兒。

葉山口中的「Y」，究竟是什麼人？

腦海中閃過幾個可能。

一種難以言喻的複雜感在心中盤旋，即使大家都不再說話，我依然無法入眠。

我轉過身，看見戶塚的臉出現在眼前。

他發出規律的熟睡聲。

「呼……呼……」

「嗯……」

接著是微弱的吐氣聲。

月光微微照亮戶塚的臉，他迷人的嘴唇輕輕蠕動，彷彿念著某人的名字，並且露出幸福的柔和笑容。

先前盤據在我心頭的複雜情緒，這次變成另一種型態，擴散到整個胸口。

一旦注意到戶塚的嘴唇，便再也無法從腦海中移除；還有他翻身的窸窣聲、微弱的呼吸聲，同樣在我腦中揮之不去。

「這樣根本睡不著……」

我看看手邊的手機，現在竟然還不到晚上十一點。遠離城市後，時間的流動跟著慢下來。這裡的夜晚非常寧靜，沒有吵人的電車聲，也沒有刺眼的路燈。

只要吹吹夜風，或許能平靜下來吧。

於是，我躡手躡腳地起身走向屋外，小心不要吵醒睡著的三個人。

高原的夜晚靜謐又涼爽，讓我的心情隨之沉澱下來——這是我原本的想像，事實上並非如此。這裡恐怖得要命，咆哮的風聲呼嘯而過，光是聽到葉子的沙沙摩擦聲，便嚇得我驚呼出聲。

我心驚膽跳地看看四周。

樹林間依稀有個人影……是森林裡的妖精嗎？感覺更恐怖了，但願只是我想太多。

我先說結論：那不是森林裡的妖精，亦即英文裡的 Dryad。但我也不知道 Dryad 這個字是不是從英文來的。

那是一名披著長髮的女子站在樹林間。

超脫現實的景象，讓我產生看到精靈或妖精的幻覺。

在柔和的月光照耀下，她雪白的肌膚透著微光。每當輕風吹起，長髮便跟著飄舞。那名宛如妖精的少女沐浴著月光，非常、非常小聲地唱著歌。四周是帶有寒意的幽暗森林，她細微的歌聲聽來格外悅耳。

我佇足於遠處欣賞。要是隨意踏近一步，她獨自構築成的完美世界可能被破壞。一想到這裡，我甚至不敢發出任何聲響。

還是回去吧……

我緩緩轉身，打算循原路回去，但是一踏出腳步，腳下隨即傳來踩到樹枝的劈啪聲。

歌聲戛然而止。

「…………」

「…………」

一秒、兩秒、三秒，現場的兩人都停下動作，觀察對方的舉動。

「……是誰？」

雪之下用平時的聲音開口。如果換成其他人，現在我發出「喵～」的貓叫聲，對方可能還會認為「原來是貓啊」；可是換成雪之下，很有可能變成「原來是垃圾」，於是我放棄這個念頭，站到她面前。

「……是我。」

「……你是誰？」

「妳為什麼要問第二次？好歹認得我吧？」

不要歪著頭！那麼可愛的臉蛋反而讓人更生氣！

「你在這種時候出來做什麼？現在應該是好好陷入長眠的時候。」

「可以不要那麼溫柔地判我死刑嗎？」

雪之下移開視線，似乎懶得再跟我鬼扯。她抬頭看向夜空，我也跟著往上看。

今夜的星星灑滿天。

「妳是出來看星星的嗎？」

在光害越少的地方，星星顯得越耀眼，因此這裡看得到的星星比都市多出許多。若從這個觀點思考，周圍沒什麼人圍繞的獨行俠肯定非常耀眼。哇！我的未來光明得一塌糊塗。

「並不是如此。」

什麼啊，原來不是浪漫追星社。那麼，她是在找什麼天降之物嗎？

這時，雪之下略帶憂鬱地嘆一口氣。

「三浦同學跟我發生一點爭執……」

她喪氣地垂下頭。喔喔，想不到這傢伙也會敗下陣來。真是稀奇，不愧是三浦，「炎之女王」的稱號絕非浪得虛名。

「我花費三十分鐘把她徹底駁倒，結果把她弄哭了。我真是不成熟……」

「冰之女王」未免太強啦！這個人根本是第六天魔王。

「然後妳覺得待不下去，才跑出來的嗎？」

「沒錯，我沒想到她竟然會哭……總之，目前由比濱同學正在安慰她。」

原來雪之下對眼淚沒轍，我看得出她多少在反省。既然這樣，下次我也不顧形象地哇哇大哭好了，不過那樣實在有夠難看。

雪之下順了順頭髮，改變話題。

「那孩子的事……一定得想點辦法。」

「妳對那個不認識的人真是積極。」

「之前我遇到的也都是不認識的人，並非因為對方是知己才出手幫忙。再說……你不覺得，她跟由比濱同學有點類似嗎？」

「是嗎？」

我完全沒那麼想過，而且真要說的話，她應該更像某人。

雪之下顯得有些落寞，抬頭看向我。

「我想……由比濱同學大概也經歷過那種事。」

喔，如果是這個意思，我就能瞭解。

由比濱比其他人更掛心班上的大小是非。雖然我不怎麼想產生這個念頭……但是，她想必曾有一次或兩次，順著班上情勢做過那種事。

正因為如此，她才明白那種罪惡感。由比濱的溫柔不同於慈母的溫柔。醜陋、冷酷、慣於逃避——她對人類本性的黑暗面有所自覺，才會產生那樣的溫柔。即使如此，她的溫柔依然相當強韌，能夠不逃避地對所有人伸出手。

「而且……」

雪之下說到這裡，低頭踢著腳邊的碎石。

「……我想葉山同學也始終放在心上。」

「嗯……多少會放在心上吧。」

我想那即為所謂的領袖特質，或者說是英雄特質，如同《世紀末領袖傳》。葉山八成是看《少年ＪＵＭＰ》長大的，跟從小就看另一家《BomBom》月刊（註35）的我不同。

註35　讀者群設定為國小學生，但連載作品有不少暴力、哲學、情色內容。

「我不是那個意思……」

雪之下閃爍其詞，原本要說出口的話被樹林的聲響掩蓋，接著陷入一陣無聲。

「我說……妳跟葉山到底發生過什麼事？」

不論我怎麼看，她對葉山的態度總是格外冷淡，從來沒有好臉色。從葉山第一次進入侍奉社社辦，我便這麼想；在這次集訓活動中，這種感覺變得更明顯。

我對此多少有些在意，雪之下則一派自然地答道：

「我們只是念過同一間小學而已，家人也都互相認識。他的父親是我們家公司的顧問律師，母親是一名醫生。」

「什麼？」

生在菁英家庭，成績優秀，運動全能，又是現實充帥哥，還有個美少女青梅竹馬？嗯……我不是很想這麼說，不過這種人能不能趕快去死？

我的外表好歹有一定水準，擅長文科，討厭團體競賽，有個超級可愛的妹妹。很好，平手！真想嘗嘗敗北的滋味。

萬一他再有個妹妹，可就真的危險……差點被打得慘敗，好險好險。

「可是，兩家人彼此認識也有麻煩的地方。」

「是啊。」

「妳怎麼說得一副事不關己的樣子……」

「因為對外事務都是由姐姐負責，我只是偶爾代替一下她。」

這時，一陣風吹過，樹葉沙沙地擺盪。在靜謐的夜裡，樹葉的摩擦聲傳得特別遠，有如水滴落入水面、產生漣漪。

我在一片沙沙聲中聽見雪之下的聲音。

「不過……今天能來真是太好了，我本來還以為沒有辦法。」

「啊？為什麼？」

我無法理解這句話的意思，轉頭看向雪之下，但她依舊仰望著星空，宛如先前沒講過任何話。

但我還是繼續等待她的回答。

初秋的昆蟲已迫不及待地唧唧叫著。夜越來越深，寒意也逐漸明顯，帶有秋意的風從我們身旁吹過。

隨著那一陣風吹過，雪之下看向我。她只是輕輕露出微笑，沒有說任何話。

她不回答我的問題，我也不多加追問。

這陣無聲僅維持一瞬間，她倏地站起身。

「差不多該回去了。」

「……也是，再見啦。」

「嗯，晚安。」

結果，我的問題只到這裡，沒有繼續深入。畢竟別人不想多說的事，我也沒興趣勉強追問。有時候不要知道太多，反而能使雙方維持自在的關係。

一路上沒有任何照明設備，雪之下的腳步卻沒有一點猶豫，我目送她漸漸消失在黑暗中。

現場只剩下我一個人，我仰頭看向雪之下先前凝視的那片星空。

我們現在看到的星星，其實都來自遙遠的過去。它們不知花費多少年，才把過去的光芒傳遞到我們眼前。

每個人都為過去所困。不論我們自以為已經往前走多遠，只要在不經意間抬起頭，往事便像星光一樣緩緩降下。我們無法一笑置之，也無法把它們變不見。那些事情永遠會待在我們心中的一角，於某個時刻突然甦醒。

由比濱結衣是如此，葉山隼人是如此，說不定雪之下雪乃也是如此。

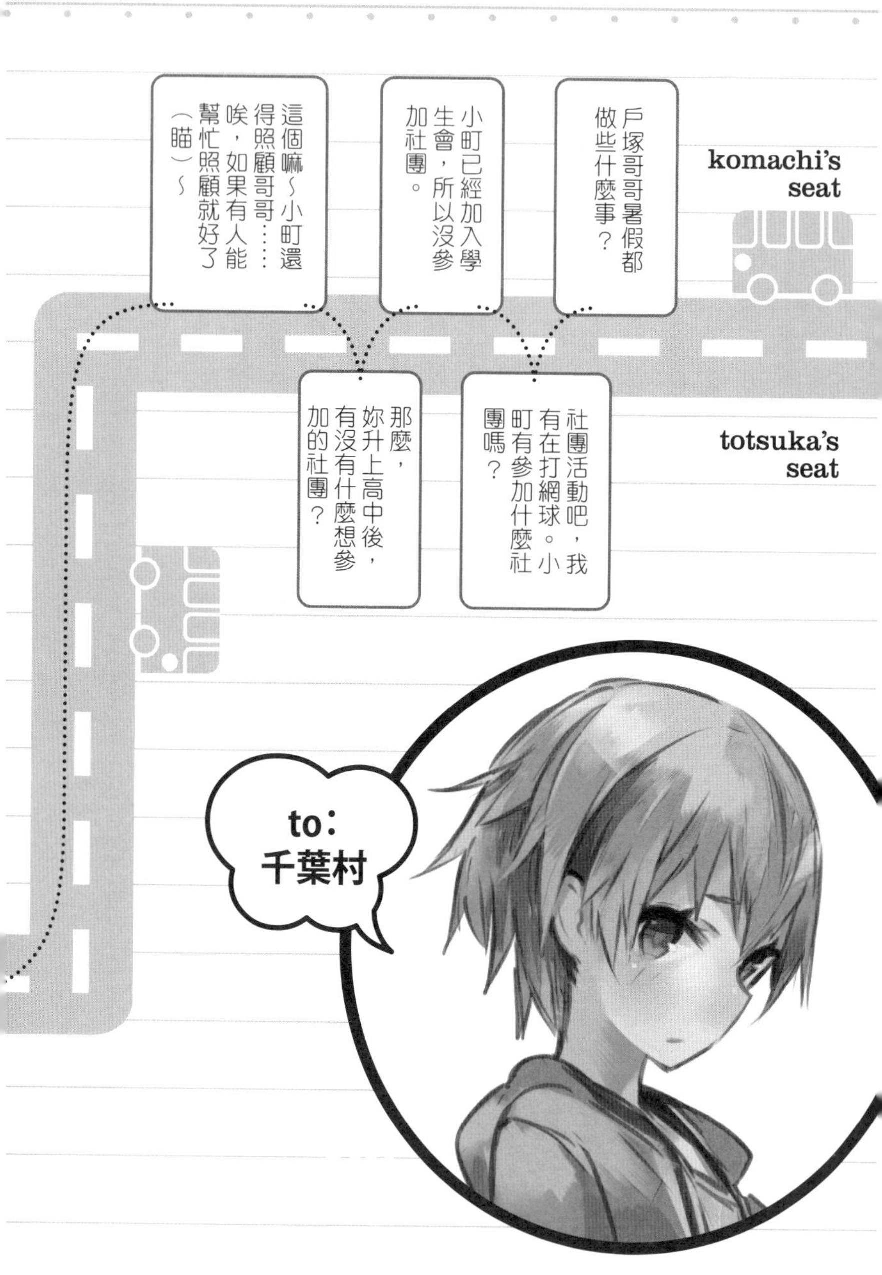
komachi's seat
戶塚哥哥暑假都做些什麼事？
totsuka's seat
社團活動吧，我有在打網球。小町有參加什麼社團嗎？
小町已經加入學生會，所以沒參加社團。
那麼，妳升上高中後，有沒有什麼想參加的社團？
這個嘛～小町還得照顧哥哥……唉，如果有人能幫忙照顧就好了（瞄）～
to：
千葉村

車內對話 第三排座位

嗯？為什麼要看我一眼……

對不起，是小町自己搞錯了。

哈哈哈，有什麼困難的話，可以告訴我喔。雖然我沒把握照顧得了八幡。

唔！這個笑容太刺眼啦！

刺眼？對喔，妳坐在那裡會晒到太陽，要不要換位置？

體貼的大和撫子……嗯……對小町來說，好像勉強過關……

6 一不小心，比企谷八幡忘記帶泳褲

我做了一個夢。

在夢裡，一雙小手輕輕搖動我的身體，彷彿在照顧我。透過肌膚，我感受到一絲起床後不久的溫熱，那雙手的主人也呼喚著我的名字，聲音非常甜美可愛，但又好像有些著急。

這真是一個幸福得不得了的夢。

可是，我很清楚這只是一場夢。通常妹妹不會叫我起床，父母更是在我還賴在床上時便早早出門工作。把我從夢境拉回現實的，永遠只有冰冷無情的手機鬧鐘。

因此，我的心、我的身都很清楚這是一場夢。

「八幡，天亮了，再不起來的話……」

那雙手不斷搖動我，還一直這麼說，我才終於張開眼睛。早晨的陽光特別刺眼，我在一片光亮中，看見戶塚有點不知該如何是好地笑著。

「你總算起來了……早安，八幡。」

「……喔。」

我的嘴巴這麼回應，但大腦還沒從超脫現實的景象中醒來。純白的陽光照進室內，外頭傳來麻雀和雲雀的啁啾聲。鋪在地上的棉被經過一夜變得凌亂不堪，戶塚在我身旁。

「咦……」

難不成昨天晚上發生什麼事？我該不會跨越那道境界線上的禁忌地平線吧？

我陷入一片混亂，戶塚則掀開我身上的棉被開始摺疊。

「動作不快一點的話，會趕不上吃早餐喔！」

隨著資訊逐漸湧入，我終於理解眼前的情況。對喔，我們是來這裡集訓的。難怪我記不得自己是什麼時候開始跟戶塚同居。

我爬起身，跟著把地鋪摺好。

「其他人呢？」

「葉山同學跟戶部同學先出發了。因為八幡怎麼叫都叫不醒……」

戶塚不太高興地瞅著我。

這種罪惡感是怎麼回事……過去不論是上學或打工遲到，我從來不覺得有什麼不好意思，唯獨這次，我差點就得實踐西方人對日本的三大印象──藝妓、切腹、富士山當中的切腹。說到這個，藝妓聽起來像是用比較帥氣的方式稱呼同性戀呢

（註36）。

「抱歉……」

我為自己的行為反省，老實向戶塚道歉。

然而，戶塚還是鼓著一張臉，沒有消氣。

「八幡，你的暑假生活一定過得很沒有規律對不對？」

「啊，嗯……對。」

「也完全沒有運動對不對？」

「嗯……對。天氣那麼熱，所以沒有特別想要做什麼。」

「那樣對身體不好喔，你應該要多運動。啊，對了，下次跟我去打網球吧！」

他突然興奮地向我提議。

「喔？好啊，到時候再跟我聯絡。」

我反射性地脫口說出受到邀約時的制式回應。

如果你處在一個集團的邊陲地帶，他人基於社交上的禮貌，還是會來詢問你的意願，例如「嗯……你要去嗎」這樣子。

老實說，這種東西還是省省吧，根本不用問我。即使你們問了，我也只會基於社交上的禮貌虛應一下。

順帶一提，當對方來邀你時，如果立刻回答「到時候再跟我聯絡」，之後便不會

註36　藝妓的日文發音為「げいしゃ」（geishya）。

再有人來邀你。這是一點小知識，出自我的個人經驗。

我緊張地看向戶塚，擔心這個經驗法則是不是又要成真——

「嗯！知道了！我一定會聯絡你！」

——看來這次是安全過關。戶塚高興地一口答應，讓我跟著安下心。

基本上，如果是男生提出的邀約，我不認為有什麼理由好拒絕。只有對方是材木座，或我已有安排的情況下例外。不過我另有安排時，幾乎都是為了陪小町。總之，我的行程相當自由，自由到參加「預定出遊計畫大賽自由組」的話，絕對可以輕鬆拿下冠軍。主要是因為很少人約我，而且我不會主動約別人出去玩。

國中時，我曾經打電話約大磯出去玩，但是他因為家裡有事要忙而沒有答應。後來我自己去遊樂場時，卻看到大磯跟二宮走進一旁的ＫＴＶ。在那之後，我便不再向其他人提出邀約。你想想，要讓對方拒絕，我自己也覺得很過意不去，這樣不是很體貼嗎？

「好，我們也該去吃早餐啦。」

「嗯。啊，那個……我還沒有八幡的信箱……」

對喔！平常我只把手機當成可以打發時間的鬧鐘，都快忘記自己還沒跟戶塚換過信箱地址。

得到戶塚手機信箱的這一天，終於到來了嗎……我百感交集地拿出手機，迅速做好輸入準備。

「咦？八、八幡，你怎麼哭了？」

「沒什麼沒什麼，只是打個呵欠。」

我大概是過於感動，忍不住流下眼淚。

「啊，你才剛起床嘛。那麼，把你的信箱告訴我吧。」

「這裡。」

我把手機裡的信箱位置秀給戶塚看。

「嗯……」

他大概不太常用電子產品，一邊對照我的手機螢幕，一邊逐字把信箱地址輸入自己的手機裡，還不時嘟噥「啊，打錯了……咦？是這個嗎」，真教人有點擔心。萬一他輸入錯誤導致我收不到信，到時候我可是會後悔莫及。

「嗯，應該沒問題……我傳一封信試試看。」

他再度用龜速一個字一個字地敲打鍵盤寫信。

打到一半時，他還歪著頭稍微思考一會兒，然後「嗯」地點點頭。

「送出去了。」

「喔，謝啦。」

幾秒鐘後，我的手機發出簡訊聲。

我終於收服戶塚的手機信箱！皮，皮卡丘！

哎呀～太好了太好了，接下來把他的信箱地址存起來即可。

當我打開戶塚那封郵件的瞬間——

標題：我是戶塚。

內文：早安，八幡。這是我寄給你的第一封信，接下來也請多多指教喔！

信件內容一映入眼簾，我的心跳速度立刻逼至極限，一不小心令我拚命咳嗽。

「嗚噗！咳咳咳，咳咳咳！」

「八幡！你、你怎麼回事？要不要緊？」

戶塚嚇一跳，連忙幫我拍背。啊～他的手掌小歸小，感覺倒是暖洋洋的，而且好柔軟……

「我、我沒事了……」

「沒事就好……」

戶塚依然投來不安的眼神。我則重新站好，用爽朗的笑容應付過去。

「走吧，趕快去吃早餐！」

「啊，對喔。」

我催促戶塚，推著他的背往前走。

他剛才打電子郵件時歪一下頭，想必是在思考要寫什麼內容。樸實的文字散發出可愛的氣息，戶塚的文采實在太棒了！誰快點頒獎給他吧！

不管怎樣，先把這封信好好保留下來再說，接著得為戶塚設定他專屬的訊息鈴聲、他專屬的信件資料夾；為了保險起見，還要通通備份一份在電腦裡。

× × ×

小學生們早已離開訪客會館的餐廳，剩下我們幾個和平塚老師還在這裡。

「早安。」

「嗯，早安。」

平塚老師甩一下手中的報紙，再向我應聲。最近已經很少看到這種昭和風格的情景，我不由得感到一股懷舊風味。

我和戶塚坐到空座位，正好跟由比濱面對面。

「啊，自閉男早安！」

「嗨。」

由比濱先對我打招呼，看來那句「嗨囉」並非早晨用的問候語，大概要到中午過後才會使用。

由比濱的旁邊依序是雪之下和小町。小町簡單跟我說一聲早安後急忙起身，不知跑去什麼地方。

雪之下對戶塚道早安，接著看向我。

「早安，你怎麼醒來了……」

「喂，不要遺憾地垂下視線。早安。」

在這種情況下還能不忘禮節，連我都覺得自己的度量真大。

這時，小町把一個盤子放到我面前。

「來，久等了，戶塚哥哥也快吃吧！」

原來她是去幫我們拿早餐。

「Thank you！」

我試著用麥當勞店員的方式表達感謝。說得簡單一點，就是夾在漢堡裡的牛肉烤好時，店員會說：「Ma— cdo— nald！」薯條炸好時則是：「Potato！Potato！」最後再對客人說：「Thank you！」但我其實根本不用解釋這些。

「啊，謝謝……那麼，我開動了。」

我跟著戶塚合掌，但不是要鍊成什麼東西，只是準備用餐而已。

「我開動了。」

小町端上來的早餐很家常，有白飯、味噌湯、烤魚配沙拉、煎蛋捲、納豆、海苔片、醬菜，以及一顆柳丁當點心。

如果看過一般飯店提供的早餐，其實就八九不離十。

我們默默吃著早餐，不久白飯便已見底。光是有納豆和調味過的海苔片當配菜，即夠我們吃兩碗白飯。要是在飯店裡吃早餐，還會附上一顆生蛋，那樣所需的飯量會更可觀。

小町看我快要吃完白飯，出聲問道：

「哥哥，要不要再來一碗？」

「好啊。」

我把碗遞出去，接下的人卻是由比濱。

「啊，我來幫忙！」

由比濱不知在高興什麼，哼著歌大把大把地盛飯。

「來！」

碗中的飯堆得像山一樣高，有如《日本昔話》裡看到的白飯出現在我眼前。這樣也不錯，反正我打算再來一碗，所以沒什麼好抱怨的。

「謝謝……」

我接過沉甸甸的飯碗，再度埋首於早餐中。

不用錢的早餐吃起來真香。

大家吃過早餐後開始喝茶。比較慢吃完的戶塚也合掌說一聲「我吃飽了」，伸手去拿自己的茶。

我們稍微討論一下昨天的事以及今天的計畫，平塚老師把報紙摺起來。

「看來大家都吃完早餐了，那麼，我現在宣布今天的行程。」

老師喝一口茶，繼續說道。

「今天一整天是學生們的自由活動時間，晚上則有試膽大會跟營火晚會，你們要負責準備晚上的活動。」

「什麼？營火晚會？」

一聽到「營火晚會」這個不甚愉快的字眼，我立刻皺起眉頭。由比濱則突然想到什麼，說：「啊，是大家一起跳土風舞的活動嘛！」

小町聞言，立刻靈光一閃：

「喔！小町知道！要跳『潘朵拉潘朵拉』（註37）之類的舞蹈對不對！」

「妳是不是要說『奧克拉荷馬混合舞』啊……只對一個字……」

雪之下露出不知是無奈還是愕然的表情。說到《外星警備課》，就是一群人深夜聚集在公園裡跟外星人通訊的那部漫畫。

「反正也沒什麼不同，大家的確像在跟外星人跳舞。」

「八幡，那樣說太過分了。」

戶塚責備我一下，但是你誤會了，我也是有我的道理！

「不，我真的這麼覺得……剛開始還沒什麼問題，不過到第四個女生時，對方會說『其實手不用牽起來喔』，接著後面的女生跟著有樣學樣，結果我變成跟空氣跳土風舞……」

「比企谷，你又露出死魚眼……不過那種眼神正好適合扮幽靈，試膽大會也麻煩

註37 指野村亮馬的漫畫作品《外星警備課》。

你囉。」

「難道我們要去嚇那些小孩？」

也對啦，仔細想想，這不是露營活動的固定戲碼嗎？不過，負責扮鬼的人得一直待在黑夜的樹林中，這其實更加恐怖。

「沒錯，不過路線已經規劃好，扮裝用的道具也準備完畢，你們只要在開始之前著裝一下即可。那麼出發吧，我來說明該怎麼準備。」

平塚老師站起身，我們收好碗盤餐具跟過去。

×　×　×

我們在路上和葉山等人會合，來到一處大廣場。

這片空曠場地的四周皆被樹林圍繞，角落設有堆放物品用的倉庫。

男生們正在聽平塚老師講解，準備設置營火。

戶塚和戶部負責砍柴及搬運，葉山負責堆疊木材，我則把木材架成井字形。

「一個人默默堆木材，感覺真像在玩疊疊樂。」

「咦？疊疊樂一個人玩得起來嗎？」

葉山非常認真地對我問道。奇怪，難道不對嗎？我一直以為疊疊樂跟用撲克牌堆塔是同一種類型的遊戲。

女生組則以營火堆為中心，畫出一個偌大的白色圓圈。那大概是跳土風舞時用的參考線。

我們持續重複砍柴、堆疊、組合的步驟。

準備工作不需多少時間便可完成，不過在大太陽下工作仍是一種折磨，我大把抹去宛如噴泉般湧出的汗水。

「……熱死了。」

「是啊，真受不了……」

我跟葉山都感到不耐。

「工作辛苦啦。」

來視察工作進度的平塚老師遞出兩罐飲料，我們心懷感激地接下。

「其他人都已完成工作，接下來就是等傍晚準備試膽大會，在那之前，你們可以自由活動。」

大家似乎都已依序解散，現場只剩下我跟葉山兩個人。不過我們也已完成最後的工作，所以從現在起是自由之身。

我循著原路回去，同時思考接下來要做什麼。

「我大概會先回房間，比企鵝呢？」

「喔，我也……」

話說到一半，我突然想到就這樣回去房間的話，便得跟葉山同行。儘管這不是什麼大不了的事，但心裡不知為何有種抗拒感。如果要比喻，像是同學會結束後，跟一個不怎麼熟的人走同一條路回家，路上只好有一句沒一句地閒聊。這種時候應該採取迴避策略，至於迴避的藉口只有一種：

「不，我還要先辦一點事。」

其實我並非真有什麼事情要處理，只是為了稍微錯開兩人回去的時間而撒點小謊。雖然偶爾會碰到不懂得看場合的傢伙回答「咦，你要去哪裡？我也要去」，但懂得人情世故的人知道不要深究。我相信葉山屬於後者。

「喔，那我先走囉。」

葉山對我舉起一隻手，獨自踏上回程的路。

我也用曖昧的態度回應葉山，看著他離去。

那麼，接下來要做什麼呢……

現在立刻回房的話，會跟葉山碰個正著，那我何必特地在此跟他分開，先找個地方打發一下時間再回去才是正確答案。

我決定邊走邊思考，於是隨意選擇一個方向踏出腳步。

這時，我聽見淙淙流水聲。

對喔，我流了滿身汗。這一帶的小溪很清澈，上流又沒有人家，用來洗臉應該沒什麼問題。

我順著聲音的方向走過一個彎道，一條小溪流出現在眼前。這條溪流既淺又窄，如同一道小水渠，大概只是某條河的支流。換言之，只要沿著這條小溪往上走，應該能夠發現大一點、更適合用來洗臉的溪流。

接下來的路上，濃綠茂密的樹林漸漸變得稀疏。

流水聲越來越響亮，最後我來到一片開闊的河灘地。

「喔喔～～這裡感覺真不錯！」

我忍不住對自己說道。這裡的溪流寬兩公尺左右，深度只達大腿，水流相當平穩，用這條小溪稍微沖洗一下，真是最適合不過。

我看著水面上粼粼的波光，邁步往河灘走去——

「好清涼喔！」

「真舒服～～」

幽靜的樹林內，傳來一群人嘻嘻哈哈的聲音。

我循著聲音傳來的方向看去，發現由比濱跟小町正在溪流裡玩耍。即使遠從我這裡的位置，也能明顯看出那兩人都穿著泳裝。她們到底是在做什麼？

「啊，是哥哥！嘿～～這裡這裡！」

「……咦？自閉男？」

我正猶豫該不該轉身離去時，卻被小町早一步發現。她那麼明顯地叫喚我，我只好硬著頭皮過去。哎呀～其實我真的一點也不想過去，而且像我這麼一位紳士，哪有冒冒失失地接近泳裝少女的道理？我只是因為受到對方叫喚，才不得已這麼做……啊，對喔，而且我得去洗把臉！嘖，真是沒辦法，我只好全速衝刺囉！

「妳們在這裡做什麼？還都穿著泳裝。」

我以不至於氣喘吁吁的程度跑過去，對她們問道。

「看招~~~」

小町「嘩」一聲把水潑過來，我的頭被淋得全溼，大顆大顆水珠沿著頭髮滴落……好冷！

原本興奮的心情瞬間冷卻，喂喂喂，我連把自己關在廁所的隔間時，都沒有被同學這樣欺負耶……

我陰沉地瞪小町一眼，但她沒有什麼反省之意，一派輕鬆地回答我的問題。

「準備工作那麼熱，我們就來玩水了。」

「平塚老師說可以來小溪玩，我們才換上泳裝……倒是自閉男，你怎麼會在這裡？」

由比濱躲在小町的身後回答，似乎覺得穿泳裝是一件很不好意思的事。

「我是想來洗把臉……」

「別說那些啦！」

我說到一半，突然被小町打斷。

「哥哥你看，這是小町的新泳裝！」

小町擺出一個不知所以然的姿勢向我炫耀。

那身淡黃色荷葉邊泳裝很有南方的熱帶風情，她興奮地拍打水花時，顯得閃閃發亮。我是在看光之美少女 Splash Star 嗎？她擺出一連串姿勢後，直視我的眼睛問道：「哥哥有什麼感想？」

「嗯，這個嘛……全世界第一可愛。」

「唉～～感想真隨便……」

小町毫不掩飾失望的神情，不過這不能怪我，誰教她平常在家裡也是穿成這樣。她對我的反應大表不滿，但是下一秒眼睛又亮起來，把手伸到自己背後。

「那麼……結衣姐姐呢？」

「哇！小町不要！」

她把躲在後面的由比濱拉向前，由比濱毫無準備之下不知該如何是好，慌慌張張地站到我面前。

由比濱身上是亮麗的藍色，每當她難為情地扭一下腰，裙襬便跟著飄動。在細緻如綢緞的肌膚襯托下，色彩鮮豔的比基尼顯得格外亮麗。

先前小町也說過她們是來玩水的，只見由比濱的肌膚充滿光澤，身上水珠不住往下滑，經過曲線優美的頸部，在鎖骨凹陷處短暫停留，接著到達豐滿的胸部。

我投降。坦白說，我的眼睛被牢牢吸引住，非得動用強韌的意志力才能勉強挪開，還得不斷提醒自己把視線往上抬，否則一不小心又會被吸引過去。這就是所謂的萬乳引力嗎……牛頓真是太厲害了。

「嗯……這個……」

由比濱漲紅臉頰，支支吾吾地別開視線，不過她見我始終沒有開口，又不是很有自信地瞥過來。

看來她想知道我的感想，但我相當為難。這到底是什麼狀況？突然覺得好想死。

為了避免氣氛陷入尷尬，我在腦中挑選安全的字眼，謹慎開口：

「那個，該怎麼說呢……滿好看的，很適合妳。」

「這、這樣啊……謝謝。」

由比濱害羞地笑著，我實在不敢直視她。我察覺到自己的臉也紅起來，趕緊跪到溪邊舀水。這裡的溪水清澈沁涼，對晒得發燙的身體來說真是舒服。

我一連洗了好幾把臉，這時突然有個熟悉的聲音傳來。

「哎呀，你在對這條小溪下跪道歉嗎？」

「怎麼可能？因為聖地在那個方向，我一天要往那裡朝拜五次……」

面對如此挑釁的言語，我反射性地抬起頭。

但在這一瞬間，我的呼吸完全停止。

雪之下雪乃如同她的名字，儼然是雪的化身。

白皙透明的肌膚，小腿肚的形狀恰到好處，往上延伸到腰際的線條形成一種美學；她的腰細得不可思議，胸前雖然不算很有料，但還是有一定水準。

可惜這景象只是驚鴻一瞥，下一秒便隱入她的沙灘巾之下。好險好險，我差點要窒息而死。

「你平常不是說自己是佛教徒嗎？」

「啊，對喔……」

我差點忘記自己是佛教徒。正因如此，更不能輸給這種程度的誘惑。千萬別小看修行僧喔！但釋迦牟尼不是也有小孩嗎？那又是怎麼回事？

「喔，比企谷也來啦？」

有人在背後拍拍我的肩膀，我轉過頭，發現是平塚老師，她身後還跟著三浦和海老名。

平塚老師穿著白色比基尼，不吝於展現修長的美腿和豐滿的胸部，顯得十分豔麗。再加上緊緻的四肢、形狀優美的肚臍，不僅給人健康的印象，更有一股野性的魅力。

「平塚老師，只要您有心，不是也做得到嗎？就算您說自己才三十歲左右，大家也會相信的！」

「……我正處於三十歲左右的黃金年華。給我咬緊牙關，我要打爛你的內臟！」

「咕哇！」

我的腹部受到強力衝擊，雙膝不禁跪倒在地，咬緊牙關根本沒有意義。我呻吟著忍受鈍痛竄過身體，同一時間，三浦和海老名從旁經過。

三浦穿的是螢光紫比基尼，布料上還有金色線條，看起來很刺眼。不過她的身材近乎完美，完全不辱女王的頭銜。我想她為了追求那種美，付出的努力肯定不在話下。她走起路來充滿自信的模樣，也為那些努力下了最佳註解，而且那種自信讓她的魅力更上一層樓。

另一方面，海老名則穿著比賽用的深藍色泳裝，這一點我完全沒想到。主打實用性的設計，跟她纖細的身型和含蓄的胸部很相稱；在背後交叉的肩帶，則凸顯出肩胛骨之美。

三浦跟雪之下擦身而過時，瞄一眼她的胸部，然後露出滿臉笑容。

「呵，我贏了……」

她的聲音中似乎帶著感動，但雪之下頗為不解。

「什麼東西？」

雪之下不懂三浦為何而笑，不過我非常清楚。

「喔～原來如此……」

這種時候，我應該拍拍她的肩膀，說些打氣的話才對，可是要直接觸碰她裸露在外的肩膀，實在有些不好意思，而且我的手汗流個不停。

「沒關係啦，妳姐姐都能那樣子，從遺傳學的觀點來看，我想妳還有希望。」

「我姐姐？跟她有什麼關係？」

雪之下不悅地皺起眉頭。緊接著，小町也對她豎起大拇指。

「雪乃姐姐，沒有關係的！女生的價值本來就不是只靠那裡決定，而且每個人的情況都不同！小町會跟雪乃姐姐站在同一陣線！」

「啊，是……謝謝妳……」

雪之下頗為混亂，但還是不好意思地道謝。當她靜下心後，一邊念著「姐姐、遺傳、價值、每個人不同……」，一邊思考。

「……啊！」

一想通之後，她整張臉瞬間漲紅到不可思議的地步，還惡狠狠地瞪過來，我連忙把視線移開。好可怕！我會被她宰掉！不過，為什麼是我被瞪？那句話明明是三浦說的耶！

「沒關係，我真的一點也不放在心上。人們成功與否本非由外在特徵決定，即使真要靠外表分出勝負，也應該採取相對式評價從整體平衡來做判斷，所以我完全不在意，反而想告訴對方，真正的贏家是誰還很難說呢。」

雪之下滔滔不絕地發表長篇大論，但我只注意到她的臉頰因為怒氣而漲紅。

平塚老師拍拍雪之下的肩膀，由比濱也當著她的面大力誇獎。

「雪之下，現在還不到放棄的時候。」

「小雪乃，妳長得這麼漂亮，根本不用放在心上！」

「我不是說我一點也不在意嗎……」

雪之下在兩人的安撫下漸漸釋懷，但依然小聲嘟噥「我一點也不在意……」，視線不時飄向平塚老師和由比濱的胸部，發出非常非常微弱的嘆息。

雪之下雪乃的安慰大會結束後，女生們便到溪流裡嘩啦啦地玩起水。

接著，又有幾個人來到此地。

「哇～～這裡可真熱鬧！」

「喔，比企鵝也在啊？」

「是啊，剛好路過。」

葉山跟戶部也換好泳褲出現。嗯……反正就是一般泳褲，怎樣都無所謂，沒什麼好看的。

我正要移開視線時，卻見戶塚從他們身後冒出。

「八幡沒有準備泳褲嗎？」

「戶、戶塚！」

他從小巧的腳尖、腳踝、小腿肚、往上到大腿部分的淡色肌膚都很耀眼迷人，身上的連帽夾克以白色為主，比他的身材寬鬆一些。由於整體白得發亮，再加上不合身的服裝尺寸，使他看起來像是全身只裹著一件襯衫，讓我看得小鹿亂撞。再看到從七分袖露出的纖細手腕，我的心臟更是緊揪一下。

在披著一層外衣的情況下，隱藏於布料下的部分反而萌生引人遐想的魅力。

「怎麼回事？」

有時候，沒有自覺本身即為一種罪惡。當他身穿這種服裝歪著頭看向我，我的心臟跳得更加劇烈。

「你的……上衣……」

「喔，這件嗎？因為我的皮膚比較脆弱，而且不能讓身體太過受涼。」

戶塚一邊說一邊拉拉胸口的衣服。不行，我已經沒辦法再直視他。

「喔，這樣啊……那玩水的時候小心別著涼。」

「嗯，謝謝你！」

他對我說聲謝謝，便往小溪跑去。

仔細一看，大家都已在溪裡玩水。

女生們互相潑水，抓著不知什麼時候帶來的海豚游泳圈高聲歡笑，玩得不亦樂乎。

男生們則挑戰徒手抓魚，熱衷於一些類似修行的活動。

如果我也有泳褲就好了……好想跟戶塚潑水……但我只有一件國中上游泳課用的海灘褲，畢竟我從來不認為自己會在夏天去海邊玩水，因此國中畢業之後沒買過泳褲。

現在再怎麼後悔也無濟於事，既然沒什麼事情可做，我索性退到樹蔭下避暑。淙淙的流水聲喚來涼爽的風，從樹葉間撒下的陽光非常舒服。

如果是一般人，在這種情況下想必會閒得發慌，但是，練到像我如此境界後，則能用各種事情打發時間。

例如賞鳥。

這個地方很適合鳥類棲息，從剛才開始，便有各式各樣的小鳥吱吱喳喳地飛過來，可惜我對鳥類一竅不通，於是賞鳥活動以失敗收場。那些鳥真是吵死了！

或是彈石頭。

彈石頭的玩法跟彈珠超人一樣，就是鎖定目標後把石頭彈出去。可是彈到第三次時，我的手指已經痛得要命，只好放棄。石頭未免太硬了吧？相較之下我的意志力真是薄弱。

另外，可以觀察昆蟲。

為什麼夏天出現的螞蟻總是又黑又大？

跟其他季節的螞蟻相比，牠們似乎強壯許多。大概是到了最美味的季節吧，不過吃起來還是一樣酸酸的，這是我的親身經驗。為什麼小學生喜歡把螞蟻跟顏料之類的東西往嘴裡塞？節子！那不是彈珠，是螞蟻啊（註38）！等等，即使是彈珠也吃不得吧。

提到這個，小學生可是相當殘酷。對他們來說，「跟螞蟻玩」等同踩牠們、在巢穴裡灌水、用放大鏡燒牠們；「跟藥丸蟲玩」等同把蟲捲起來當BB彈，或是拿仙女棒把牠們燒成白色。

難怪不論是多麼殘忍的行為，他們都做得出來。

註38 出自「螢火蟲之墓」的台詞。

×　×　×

我看膩螞蟻之後，靠到樹幹上，望著在溪裡玩水的人發呆。

由比濱跟小町玩得非常起勁；三浦和海老名也嘩啦嘩啦地用力潑水，非常樂在其中。至於平塚老師，她比較偏向看好大家的立場，但偶爾會大喊一聲「看招」，發動巨大的水花攻擊；唯有雪之下不懂得該如何跟大家一起玩，獨自站在稍遠的位置。

獨行俠不太能理解那些瘋瘋癲癲的行為，因此經常被說是不合群。其實他們並非覺得不好意思，單純是因為顧慮很多事，例如會不會帶給別人困擾、有沒有危險、現在加入的話會不會破壞愉快的氣氛等等，因而沒辦法任意採取行動。

然而，由比濱不管三七二十一，對雪之下發動水花攻擊。

雪之下不高興地往水面快速一劃，水花如同忍者射出的手裡劍，正中由比濱的額頭。

由比濱被打得眼冒金星，小町立刻加入支援，形成二對一的局面。但是，這對認真起來的雪之下而言不算什麼，她依然從容地應付她們。

接下來，三浦帶著不懷好意的笑容，在一旁用水花能量彈攪局，這下子連雪之下也開始招架不住。

這時，平塚老師拿著水槍提供火力支援。等一下，使用武器未免太卑鄙……

關於之後的情況，或許各位都已猜到，就是敵對陣營的海老名也亮出水槍加入戰局。才一轉眼，一場潑水大混戰已在溪裡開打。妳們小心不要著涼啊。

我望著大家打水仗，同時感到昏昏欲睡。

突然間，一旁的小徑傳來腳步聲。

我看向聲音發出的方向，那裡出現一名很眼熟的少女——鶴見留美。

「嗨。」

我向留美打招呼，留美也點點頭，坐到我身旁。

接下來的時間，我們便默默看著大家在河裡嬉戲。

沉默好一陣子後，留美終於忍不住，主動對我問道：

「為什麼你一個人在這裡？」

「我沒有帶泳褲。妳呢？」

「嗯，我啊……今天不是自由活動嗎？我吃完早餐後回去自己的房間，結果找不到任何人……」

唔，好無情。

我也有過類似經驗。有一次我在課堂上打瞌睡，醒來時發現所有人都消失了，當時還以為自己進到什麼封閉空間，實際上只是因為大家都去上外堂課，沒有人叫我起來罷了。

當你發現突然剩下自己一個人，肯定會嚇一大跳；即使班上同學對你來說不過是一片背景，他們突然消失時還是會嚇到。

那種困惑，類似過去作畫很用心的漫畫，久久推出最新一集時，翻開一看卻赫然發現背景全白的跨頁。

我跟留美又出神地望著小溪好一陣子。

這時，由比濱看向我，然後對雪之下說些什麼悄悄話，不一會兒，兩個人便一起走上岸。

她們拿起防水布上的毛巾擦乾身體，往這裡走來。

由比濱擦著尚未全乾的頭髮，蹲到我們跟前。

「留美，要不要跟我們一起玩？」

留美冷冷搖頭，而且完全不看由比濱一眼。

「這、這樣啊……」

由比濱失望地垂下頭，這次換雪之下開口。

「我不是說過嗎？」

其實獨行俠受到邀請時，第一次都習慣先拒絕，這是他們自我保護的方式。畢竟他人平常明明不會提出邀約，卻突然間邀請自己的話，最好還是提高警戒，因為他們可能只是想整人，例如把人誘到聯誼會場中大出洋相。

另外還有一種很常見的回答，是「能去的話就去」。這麼回答的人當中，大約有八成的機率都不會去。這是我的親身經驗。

留美似乎在害怕雪之下，又把頭轉向我這裡。

「八幡。」

「妳直接用名字叫我喔……」

「什麼？你不是叫八幡嗎？」

「是沒錯……」

能夠直接用名字稱呼我的，只有戶塚一個人啊……

「你還有小學時代的朋友嗎？」

「沒有……」

我跟同學之間何止是疏遠，根本從一開始便沒有緣分。

「反正我也不認為有必要，大家八成都是這樣子。用不著管他們，那些人畢業後根本不會再見面。」

「只、只有自閉男才是那樣吧？」

「我也沒再見過國小同學。」

由比濱剛說完，雪之下便不給面子地如此回道。由比濱投降似地嘆一口氣，告訴留美：

「留美，只有這兩人是特例喔！」

「特例有什麼不好？用英文來說是special，不覺得聽起來很專業嗎？」

「這就是語言的奧妙嗎……」

我不懂雪之下為何要佩服我。在英文裡，special有「例外」之意。對獨行俠來說，改用 special 表達的話，似乎便多了正面意義。

留美睜大眼睛看著我們一來一往，但未認同我的理論。既然如此，我只好搬出更有力的說法。

「由比濱，妳的小學同學中，有多少人是現在還會見面的？」

由比濱伸出食指抵著下巴，看向天空。

「嗯……雖然見面的頻率、見面的目的會有所不同……但如果是單純約出去玩的同學，大概是一、兩人吧。」

「另一個問題，妳們一個學年有多少人？」

「一班三十人，總共有三個班。」

「九十人嗎……所以，我們可以從以上數據得知，小學畢業五年後，仍然維持朋友關係的機率大約為百分之三到百分之六，而且，是連八面玲瓏的由比濱都只有這個數字。」

「玲瓏……嘻嘻。」

「由比濱同學，那不是稱讚的意思。」

雪之下把害臊的由比濱拉回現實，我則不予理會，繼續說下去：

「換成是一般人，平均只能做到兩面玲瓏，所以把這個數字除以四，嗯……」

「是百分之零點七五到百分之一點五，你要不要回去重讀一次小學？」

我一時算不出來，雪之下立刻說出答案。妳是電腦奶奶嗎？

再說，即使回去重讀小學，我也敢說自己一定會走上相同的路。

「總之，把這個數字平均一下，大約落在百分之一左右。小學畢業五年後仍然維持朋友關係的機率為百分之一，這種數字根本在誤差範圍內，大可直接捨去。妳沒聽過四捨五入這個超有名的東西嗎？四跟五明明只差一，四卻老是被捨去，好歹考慮一下四的心情吧！總之，既然連四都可以捨去，一這個傢伙更沒有理由不能捨去。好，證明完畢。」

真是完美的結論，雪之下聽了卻按住太陽穴。

「這個男的，從頭到尾都用假設的數據，還自己編出一套證明……這根本是對數學的褻瀆……」

「連身為小學生的我都知道是錯的……」

「原來如……啊！沒錯！真是太奇怪了！」

由比濱差一點就要相信，真是教人遺憾，果然是要考私立大學文組科系的人。不過，現在本來便不是愉快的算數課。

「那些數字怎樣都無所謂，重點是我的思考方式。」

「前面證明得亂七八糟，只有結論正確……我完全無法理解。」

雪之下露出半是無奈半是佩服的表情。

「嗯……我不太贊同這套理論，但如果告訴自己，只要有百分之一即可，心理上可能會輕鬆許多。說實話，跟大家好好相處的確是很辛苦的事。」

由比濱說起這句話特別有實感。她看向留美，露出打氣的笑容。

「所以，如果留美也抱持這種想法……」

留美握著數位相機，回以虛弱的微笑。

「嗯……可是，我媽媽不會接受。她常問我跟朋友處得好不好，還給我這台相機，要我拍很多露營的照片……」

為了露營特別買一台相機嗎……好吧，按常理而言，畢業旅行這類活動總是被視為一輩子的回憶，為此砸下大筆資金也不會太奇怪。

「這樣啊……妳有一個好媽媽呢，會為妳操這麼多心。」

由比濱對此感到放心，但雪之下接著說出的話，冷漠得令人不舒服。

「是嗎……在我看來，那是支配、管教、占有慾的象徵。」

這幾個字像一層薄冰，聽了教人不安。

由比濱的驚訝之情表露無遺，彷彿被雪之下甩一巴掌。

「咦……不，不是那樣的！而且……那種說法有點……」

「雪之下，我告訴妳，多管閒事好比是母親的工作。聖誕節時看到我窩在家裡，母親便會嘮嘮叨叨，還自動把我的房間整理乾淨，連書櫃都弄得整整齊齊。如果母親對小孩沒有愛，根本懶得管這種事。」

沒錯，所以她把我的色情書刊整理好擺在桌上，也是一種表達愛情的方式；到了晚餐時間，我覺得餐桌上有股特別沉重的無聲壓迫感，想必也是愛情的表現。如果不這麼告訴自己，我的精神可能難以負荷。

雪之下聞言，咬緊嘴脣把頭垂下，盯著自己跟我們之間的地面。

「有道理……一般說來應該是那樣沒錯。」

她重新抬起頭，神情比以往多出幾分柔和。接著，她坦率地向留美道歉。

「對不起，我說出那種不經大腦的話，看來是我搞錯了。」

「啊，完全不會……而且這些內容有點深奧，我不太瞭解。」

雪之下突如其來的道歉讓留美亂了方寸。我第一次見到她這麼老實地道歉，由比濱也不禁睜大雙眼。場面沉默下來後，留美也覺得有些尷尬。

「對了，既然妳媽媽有交代，要不要來拍些照片？我的照片可是超級稀少，而且平常還要收費喔！」

「不需要。」

「這樣啊……」

留美連想也不想便一本正經地直接拒絕，讓我有點受傷。

不過，她的嘴角浮現一絲笑意。

「升上高中後，我的狀況和剛才那種討厭的感覺會不會改變呢……」

「如果妳維持現在這樣子，絕對不可能改變。」

喔喔，即使剛才道過歉依然不留情面，雪之下真是太厲害了！

「也有很多情況是周圍產生改變，其實妳不用那麼勉強自己跟他人相處。」

「可是，現在的留美很痛苦，如果不想一點辦法……」

由比濱擔心地看一眼留美，留美的表情轉為困惑。

「該說是痛苦嗎……感覺比較像討厭，又有點可憐。每次同學當我不存在時，我就覺得自己是最悲慘的人。」

「這樣啊。」

「雖然滿討厭的，但已經來不及了。」

「為什麼？」

雪之下的提問讓留美有點難開口，不過她還是努力擠出字句。

「我……拋棄了別人，而且不可能跟人好好相處。即使好好相處，也不知道什麼時候又會變成這樣。既然早晚都會變成這樣子，乾脆維持現狀。雖然我不希望自己這麼可憐……」

我明白了，原來她早已不對自己和他人的關係抱持任何期待。

我們常聽到「改變自己即可改變世界」這句話，但實際上是不可能的。

對人的既定評價和既存的人際關係，都不可能輕易扭轉。

因為人們評價他人的方式既非加分法，亦非扣分法。

大家只會靠印象和既定觀念評斷。

人類不會把眼睛看到的現實照單全收，而是只看自己想看、想要的事物。

位於校園階級底層、惹人厭的傢伙再怎麼努力，都只會換來「他幹嘛要那麼拚命啊？噗、呵呵呵」的訕笑；要是用錯誤的方式讓自己太醒目，反而會成為大家攻擊的目標。

如果處在更成熟、更完善的群體中，或許可以另當別論，但至少在國中前後的時期，不論怎麼努力，都無法改變那種風氣。

現實充必須做現實充該做的事，獨行俠必須盡獨行俠的義務，御宅族也得表現得像個御宅族。校園階級高的人物理解階級低者，大家會認為是寬大有教養，但是反過來則不被允許。

這是在小孩子的王國裡，早已徹底敗壞的一項規則。老實說，真是無聊至極。世界不會改變，但人是可以改變的。不過那種改變，是指我們終將適應由那群不成材的傢伙所建立、跟垃圾沒有什麼兩樣、既冷漠又殘酷的世界。我們將逐漸習慣，承認自己的失敗，成為那個世界的一員。

那不過是用華美詞藻包裝，矇騙別人也矇騙自己的欺瞞行為。

想到這裡，我的內心深處湧起一股近似憤怒的情感。

「妳討厭這麼可憐的自己嗎？」

「……嗯。」

留美點點頭，以免自己哽咽出聲，但她不甘的淚水還是很快落下來。

「……如果試膽大會能玩得開心就好了。」

我這麼對她說，然後站起身。

我已經下定決心。

我在這裡解答自己的疑惑。

Q：世界不會改變，可以改變的是自己。那麼你會如何改變？

A：我會成為新世界的神。

葉山隼人
hayato hayama

生日
9 月 28 日

專長
足球、吉他。

興趣
閱讀、看電影、五人制足球、
彈吉他、海上運動。

假日活動
戶外活動、觀賞體育競賽。

7

最後，鶴見留美選擇走自己的路

試膽大會是露營活動的一大重頭戲。

話雖如此，我們不會認真到使用特殊化妝技巧或視覺特效，而是如同大家多少經歷過的單純內容，例如在路上播放經文、躲在黑暗處搖動樹幹、披上一層布追逐小孩之類。

不過，夜晚的森林本身便很恐怖。樹木顫動的聲響有如往生者的聲音，呼嘯而過的風也像亡者在撫摸臉頰。

我們在這樣的氣氛中，先行探勘試膽大會的場地，訂定晚上的活動計畫。

大家確認整條路線後，在終點處由百葉箱改造而成的祠堂放置符咒草紙。小學生們來到這裡取得符咒，即算完成任務。

不論事前準備得多完備，為了預防他們在慌亂中迷路，我們還要檢查有沒有什麼危險的地方。

除了這些內容，我們也在路上簡單討論要在哪裡安排幽靈、設置醒目的三角錐防止小學生誤闖等問題。

我沒有特別參與討論，但在腦中仔細勾勒出地圖。哪條路是死路，我可是很清楚。

回到準備的地方後，雪之下馬上開口。

「那麼，我們要怎麼做？」

她當然不是問試膽大會本身，而是問該如何幫助鶴見留美。

聽到這個問題，即使是剛才踴躍發表意見的人也安靜下來。

這種問題最難回答。

光是反覆「要好好相處」之類的空話並沒有用。那些小學生可能會聽話沒錯，但效果僅限於一時，日後一定會再上演相同情況。假設葉山把留美拉到舞台中心，把她照顧得無微不至，其他人或許會因為喜歡葉山而決定跟她好好相處。然而，葉山不可能一直陪在留美身邊，我們必須從根源徹底解決問題才行。

不過到了這時候，我們仍想不出任何明確的答案。

葉山緩緩開口：

「我想，只能製造一個機會，讓留美多跟大家說話。」

「可是那樣一來，留美可能變成大家責難的對象……」

由比濱垂著視線回應，葉山繼而提出第二個方法：

「不然，我們一個個找大家談。」

「那也一樣。即使他們當面對你說好，私底下還是會故態復萌。女孩子可是遠比隼人你想像的可怕喔！」

海老名的語氣帶著驚恐說道。葉山聞言，不由得陷入沉默。

「啊？真的假的？太可怕了！」

三浦不知為何也瑟縮一下。話說回來，她屬於直話直說的類型，又長期居於女王寶座，說不定她根本不理會檯面下的事情。

這麼說來，當個現實充真是麻煩。擁有朋友代表除了接納對方好的一面之外，也得承擔不好的一面。不對，在這次情況中，他們為了維持朋友之間的關係，還把別人推出去當犧牲品。

這種關係正是引發眼前問題的溫床。

因此，我們得從這方面著手。

「我有一個想法。」

「駁回。」

我才剛開口，立刻被雪之下回絕。

「太快下決定了吧……像妳這種個性的人，最好不要買房子。」

做出決定前，勸妳還是多考慮一下。

「妳先聽聽看啦。既然難得有個試膽大會，我們當然應該好好利用一下。」

「要怎麼利用？」

戶塚不解地把頭偏向一邊。

為了讓他能清楚理解，我特別在說明之前賣個關子。

「說到試膽大會一定會有的東西……大家便能明白吧？」

在場眾人對這句話沒什麼反應，我甚至懷疑海老名有沒有在聽我說話。只有由比濱沉吟一會兒，突然拍一下手說：

「啊！用謝謝（註39）效應對不對？只要大家的心跳加速，感情就會變好！」

「妳想說的是安慰劑（Placebo）效應對吧？」

葉山的嘴角略微揚起，卻用同情的眼神看著由比濱。

「……而且妳說的內容是吊橋效應才對。」

雪之下也垂下視線，露出悲傷的表情。現場氣氛頓時變得像在追思由比濱。

「那、那些不重要啦！重點在於內容！」

由比濱羞紅臉頰，急急忙忙說道。

「內容也不對。你們仔細想想試膽大會中最常出現的事。」

「……是不是驚嚇致死？那樣的確不會留下物證，也可以用意外為自己辯解，不過做到那種地步，未免太過殘忍。」

雪之下用責備的眼神看向我。

註39 此處原文為「spasibo」，是俄文的道謝用語。

「不對，妳會有那種想法才更殘忍……」

我清一下喉嚨，公布正確答案：

「其實是拍靈異照片時，遇到正在試膽的不良少年，結果被他們追著跑。」

「你想太多了。」

「沒那種事吧。」

雪之下和葉山都不認同。

「吵死了，明明就有！」

沒錯。當時在我班上，有個教人遺憾的女生說「其實我有靈異體質……」，結果我不知哪根筋不對勁，竟然受她的話影響，認為自己搞不好也有靈異體質。如果真的有，豈不是酷斃了嗎？

於是，我產生去拍靈異照片的想法。

但是我沒有發現幽靈，只遇到一群不良少年。偏偏他們也是出來試膽的，看到我被我嚇一大跳之後，懷恨在心而對我窮追不捨。

不過，現在還是別提這段往事。

雪之下露出「敗給你了」的表情嘆一口氣。

「……你該不是要告訴我們『活生生的人最可怕』這種陳腔濫調吧？」

「不過不良少年真的很可怕耶～」

小町「嗯、嗯」地點頭。

「差一點。人類最可怕這一點並沒有錯，不過我們害怕的不是不良少年。」

「那到底是什麼？」

雪之下追問，我稍微停一會兒才回答：

「真正可怕的，是最親近我們的人。我們對他們抱持完全的信賴，壓根兒不會想到他們可能背叛我們。那種事情總是發生得出乎意料，所以才說很可怕。如果換成他們的語言，即為『朋友才是最可怕的人』。」

我已經解釋得很清楚，不過大家似乎還是不明白。

「我再說明得具體一些。」

其實這不是什麼艱澀的道理。

「人類在極限狀態下才會流露出本性。他們感受到真正的恐怖時，將不計任何代價地保護自己，根本無暇顧慮到其他人，甚至不惜犧牲周遭的人使自己獲救。如果把自己醜陋的一面攤到陽光下，大家不可能繼續維持友好關係。所以我們要做的，是破壞那些人的關係。」

我平淡地說明完計畫內容，但是聽者的反應依舊不如預期。大家都不發一語，面露難色。

「只要大家都變成獨行俠，就不會再有那些紛紛擾擾。」

於是，我最後放一記大絕招。

×　×　×

「天啊……」

我全部說明完畢後，由比濱的臉色變得蒼白；雪之下則把眼睛瞇成一條細線，往我這裡瞪過來。

「比企鵝，你的個性真壞……」

連絕對不講別人壞話的葉山都這麼說，讓我有點想哭。自從我在小學當生物股長，負責餵養的小龍蝦自相殘殺導致全部死亡，然後在班會上受到大家責難後，便沒有過這種心情。

只有戶塚佩服地點頭。

「八幡總是會想很多事情呢。」

如果換成其他人說這句話，八成是不懷好意；但是出自戶塚之口，我可以相信他是真心在誇獎。要是他這句話有其他意思，我可能會把整個世界毀滅掉。

「反正我們也想不到其他方式……這次是不得已的。」

雪之下煩惱一下後，最後用消去法做出決定。目前的情況正是如此，我們已經沒有其他辦法。

然而，葉山還是沉著一張臉。

「……可是，那樣不能解決問題吧？」

葉山所言甚是。這不是正確答案，我也很清楚其中充滿錯誤。

「但是，這樣可以讓問題消失。」

我抬起頭，發現葉山筆直注視我的雙眼。他的視線相當直接，我趕緊把視線撇到一旁。

不過，這麼做是對的。

為人際關係困擾的話，破壞那層人際關係便能使煩惱消失。如果是惡性循環，我們一開始便應該把它斬斷，其實只要這樣做即可。「不能逃避」是強者才有的想法，把那種觀念強加於所有人的世界才是大有問題。

「我沒有錯，錯的是這個世界」這句話聽來像是藉口，但也不全然不對。錯的不可能永遠是自己，這個社會、整個世界、周遭人犯錯的情形所在多有。

要是大家都不願意認同這項事實，就由我來認同。

葉山盯著我好一陣子，突然打破僵局綻開笑容。

「原來你是那樣想的啊……我多少可以理解，她為什麼會在意你了。」

我正要開口詢問葉山口中的「她」是誰，但是被他搶先一步切回正題。

「ＯＫ，就這麼辦吧……可是，我認為那些小學生會團結起來。如果要討論人類的本性，我選擇相信，他們的心地其實是很善良的。」

葉山的笑容過於燦爛，我一時不知該說什麼。即使採用相同方法，我跟他終究是從不同角度各自解讀。

「咦～～那人家不是超吃虧嗎？」

「是啊是啊，我也會很辛苦呢！」

三浦和戶部大聲抗議，葉山好不容易安撫他們後，轉向我說：

「這次就聽比企鵝的吧，**direction** 交給你。」

「……好。」

葉山要扮演的角色也很不討好，但他還是願意扛下。

既然如此，我當然得回應他這份心意。

話說回來，**direction** 要怎麼翻成日文？我到底該怎麼做？

× × ×

我們正忙著籌備試膽大會時，平塚老師臨時把我們集合到訪客會館的一個房間。

「主辦方為了營造試膽大會的氣氛，想要你們先說一則鬼故事。」

這是她交代給我們的第二項任務。

說到試膽大會，當然少不了鬼故事。先用鬼故事營造恐怖的氣氛後，在心理作用的驅使下，大家更可能以為自己看到幽靈。

所謂「幽靈現真身，竟是枯尾花」，正是說明人們會因為恐懼心理，產生看見靈異現象的幻覺。

十之八九的靈異現象，都是這種情況造成的疑心和誤會。因此，如果看到裝滿滾燙味噌湯的碗移動，或是玉米濃湯的罐頭內好像有玉米殘留，都只是疑心和誤會作祟。這世界上根本沒有什麼不可思議的事。

「有沒有誰知道一些不錯的鬼故事？」

平塚老師問完，大家都面面相覷。

我們又不是在「世界奇妙物語」當旁白的塔摩利，當然不會知道什麼鬼故事，現場只有我跟戶部舉手。

「嗯，戶部……跟比企谷啊，這組合完全無法讓人放心。你們先說來聽聽。」

既然要在活動開始前營造恐怖氣氛，我們便得在兩個三十人的班級，亦即六十人面前講鬼故事。在這種情況下，當然不容許失敗。

我們借用訪客會館的一個房間，在房裡圍坐成一圈，另外還準備蠟燭，讓現場更有氣氛。

我跟戶部彼此使眼色，示意對方先說。戶部不知是讀懂我的意思，還是沒讀懂我的意思，他怯生生地舉起手說：

「那麼，由我先說……」

房內的電燈已先行關掉，只剩幾根蠟燭搖曳著發出微弱光芒。帶著些許涼意的風，從拉開一道縫隙的窗戶灌進來，吹得燭火更加晃動，映照出的淡淡影子也跟著扭曲。

「這是我一位學長的故事。這名學長很喜歡飆車，某天，他跟往常一樣獨自衝上山頂，然後被一輛警車攔下。當時學長並沒有超速，所以他覺得很奇怪。這時，一名女警走出警車對他說：

『你們兩人都沒戴安全帽，怎麼可以上路呢……咦？你後面的女生怎麼了？』

學長總是一個人騎車，從來不會載其他人，那名女警看到的究竟是什麼？

經過幾天……」

戶部抹去額頭上的汗珠，嚥一口口水後繼續說下去。

「我的學長竟然和『衰運（Hard luck）共舞（Dance）』……」（註40）

他最後這句話毀了前面整個故事。那是什麼奇怪的標音？不良少年漫畫看太多了吧！

大家聽到這裡，都顯得大失所望。但戶部的故事還沒說完，他的心臟真強。

「如今，那位學長已是兩個孩子的父親。他後來不再飆車，開始安分認真地工作，還跟攔下他的那位女警結婚，組成幸福快樂的家庭。我最近才聽他提到，老婆比幽靈還要恐怖喔。」

「誰要你分享這種溫馨小劇場……」

平塚老師也完全被他打敗。

呵，如果那種程度的內容即算得上恐怖，豈不是笑掉大家的大牙？換我來讓你

註40　出自漫畫《疾風特攻隊》的台詞。

見識一下，什麼才是真正的恐怖。

「那麼，再來輪到我。」

我把蠟燭拉到跟前，發出「吱」一聲，火影跟著晃動一下。恐怖故事時間即將開始！

「這是一則真實發生過的事……」

我遵循慣例用這句話開場，現場的窸窸窣窣聲歸於平靜，聽眾的呼吸聲也明顯變大。

「當我還是小學生時，參加學校舉辦的露營活動，晚上當然少不了每年固定登場的試膽大會。

沒錯……那天的天氣不熱也不冷，跟今天一模一樣。

大家要分成小隊，前往樹林深處的祠堂取回符咒。

前面的隊伍都進行得很順利，經過一段時間，輪到我們這隊出發。雖然是試膽大會，但機關都是老師們設計的，根本不會有真正的幽靈。我們一路上被披著被單的老師、稻草人之類的東西嚇到，不過仍順利走到祠堂取回符咒。

大家原本以為什麼也沒發生，只是單純尖叫個幾聲便輕鬆達成任務。

然而，同一隊的山下同學這時說：『這張符咒是誰拿的？』

其他成員聽到這句話，瞬間陷入一片混亂。是你拿的嗎？不，不是我，也不是我……那麼，到底是誰拿的？

小隊內沒有一個人記得符咒是誰拿的。
當下，我打從心底感到恐懼，身體開始顫抖，眼淚也快流出來。因為……」
說到這裡，在場所有人皆專注地凝視著我。不過，他們也可能不是看我，而是看向更後方那片漆黑的空間。
「……那張符咒是我拿的，卻沒有一個人發現……」
我說完後，「呼」一聲吹熄蠟燭。
室內一片鴉雀無聲，由比濱首先發出嘆息。
「只是個沒有人緣的故事而已嘛……」
「比企谷同學好好地跟大家參加試膽大會，都比這個恐怖許多。」
雪之下也投以冰冷的眼神。她說得非常正確，因此我完全無從反駁。
「唉，你們只會說那種一點也不好笑的相聲嗎？」
平塚老師嘆一口很深很深的氣。
「沒辦法啊，突然要我們這種外行人說鬼故事，根本是強人所難……」
「嗯……不過，這可是身為一個社會人士的必備技能喔。跟大家一起喝酒的時候，多少會被要求說一些有趣的故事，所以你們最好多磨練自己的口才，這樣一來，職場上的關係會更融洽。」
我聽完老師這番話，感受到一陣衝擊。那、那種事情……
「什麼……那對我來說是不可能的！為了職場著想，我還是不要工作比較好。」

「你搞錯應該擔心的地方，而且錯得離譜……乾脆由我示範一次吧。」

於是，平塚老師重新點燃蠟燭。

常言道「薑是●的辣」，現在終於有機會聽大人說鬼故事了。大家都看向平塚老師，臉上寫滿期待，幾乎快唱起「快告訴我們嘛！還有什麼我們不知道的故事，感覺身體都要顫抖起來」（註41）。

老師露出得意的笑容回應我們的視線，娓娓道來：

「我有一個很要好的朋友，叫做木下遙。然而，大約在五年前，木下遙突然消失無蹤……她在消失之前，只留下『我先走囉』這句話給我，在那之後，我從來沒有見過她。

可是就在幾天前，我看到一名相當眼熟的女子。她的臉上滿是疲憊，但還是帶著淺淺的微笑。這個人無疑是失蹤許久的木下遙。我正要出聲叫她時，赫然發現她背後出現一張笑臉……」

平塚老師大概回想起當時的恐怖，臉色轉為蒼白。那副顫慄的表情，連我們看了也感到毛骨悚然。

「……她背上的小孩已經三歲，實在太恐怖了。」

接著，老師吹熄面前的蠟燭，房間再度陷入黑暗。

在一片無聲當中，某個人終於克制不住，開口說道：

註41 出自《學校怪談》動畫片頭曲的歌詞。

「那只是結婚冠夫姓後生下小孩而已……」

我是說真的，拜託快來個人把老師娶回去好不好？再這樣下去，我可能會出於同情把她娶回家。

最後，我們得出大家都不會講鬼故事的結論，一致決定改成播放訪客會館內的《學校怪談》動畫ＤＶＤ。

× × ×

小學生專心看ＤＶＤ的同時，我們忙著進行試膽大會的準備。

雪之下等人正忙著各項工作，葉山則找我討論計畫的內容。

我們確認流程和要點後，進入更細部的環節。

「我們只要調整留美那一組的順序對吧？」

「嗯……那一組可能會花比較多時間，最好是排到最後。要不要在籤筒裡動手腳？」

「不，做籤的可行性不高，而且太麻煩，看到時候能不能直接由我們指定順序。我想想……我會跟老師說，這樣可以避免學生做好心理準備，使活動更刺激。」

我們兩人的討論過程相當順利。我自認頭腦很不錯，不過葉山更勝一籌，他的思路比我快上一步，連瞎掰出來的理由都變得很有道理，還帥氣得不可思議。

「……那就麻煩你。」

「瞭解。那麼，我們要怎麼引誘那一組？」

「到時候我會移開三角錐，把她們引到死路，你們在道路盡頭等待即可。」

「知道了。至於戶部跟優美子，如果下達太繁複的指示，他們可能會記不住喔。」的確，那兩人似乎不怎麼擅長背誦。

「可以請他們在手機上記小抄，反正到時候按按手機也沒有什麼不自然。一副懶散的模樣玩著手機，說不定還更逼真。」

「有道理……」

葉山在平板電腦寫下一堆密密麻麻的字，精明幹練的模樣實在教人佩服。

話說回來，只針對工作內容進行對話真是輕鬆。我們不需要一直思考話題，也不用顧慮對方的感受；即使說出嚴苛的話，也會因為是工作需要而獲得對方諒解。

「大概是這樣吧，我再去跟戶部和優美子說。」

「交給你了。」

如果換成我去說，他們八成不會理我。

「那麼，晚點見。」

我們討論完畢，葉山去向三浦和戶部說明，我則去幫忙雪之下他們的準備工作。

雖說是準備，其實用不著特別做什麼。基本上，只要嚇嚇勇闖夜間森林的小學生就好。

在這類試膽大會中，與其像鬼屋那樣強調概念和細節，更應該把重點放在帶給小朋友的震撼感。正因為對象是小朋友，充滿實感的嚇人機關比有故事性的內容更受歡迎。若說得簡單一些，冷不防從暗處跳出來嚇人的方式，更能讓小朋友玩得高興。我參加小學露營的試膽大會時，便有完全不相干的面具傑森（註42）猛然跳出來，下一秒周圍傳來誦經聲，最後是披著被單的幽靈到處遊蕩，內容可說是混雜至極。

承辦學校舉行的露營活動的營地，一定都有一些嚇人用的變裝道具，另外也有一些老師會自行準備。

可是，當我看到這些道具時，頭卻開始發疼。

「小惡魔服裝……貓耳、尾巴……白色和服……魔女的帽子、長袍、斗篷……巫女服……」

即使是以嚇人為主要目的，也該有個限度吧？這些根本是萬聖節的道具。

根據平塚老師的說法，這次是由那所小學的老師準備道具。但是不論我怎麼想，都覺得那個老師只是想看女高中生的角色扮演模樣。真是的，害我也開始想當老師呢。

首先是海老名拿到的巫女服。她雖然屬於三浦集團，外表清秀這點仍然受到大家公認，因此那件和服穿在她身上實在非常相稱。只是，那身打扮沒有什麼恐怖

註42 電影「十三號星期五」的殺人魔。

感，用「神祕感」來描述可能比較合適。如果讓她待在祠堂附近，或許能增添些許詭異吧。

我環視其他人的打扮，順便思考該如何分配各人負責的區域。

接著映入眼簾的，是正在調整三角帽高度、使帽簷遮住眼睛的戶塚。

他一邊拉著長袍的衣襬和袖子，一邊納悶地嘟囔：

「魔法師也算幽靈嗎……」

「嗯……廣義上應該算吧。」

不過，我怎麼看都覺得那是魔法少女。莎啦啦（註43）〜

「好像不怎麼可怕耶。」

「不，還滿可怕的，你放心吧。」

沒錯，真的很可怕，可怕到我一不小心便會進入戶塚路線。呼，對我施下禁忌魔法的人就是你嗎……我在說什麼啊？

「哥哥！哥哥！」

這時，有個軟綿綿的東西輕拍我的肩膀。我轉過頭，看見一隻貓咪布偶手套在對我招手。

「那是什麼？妖怪貓嗎？」

「大概吧……」

註43　出自一九七四年動畫「小仙女」主角的咒語。

看到妹妹的模樣，我不禁想起四季劇團（註44）那一齣音樂劇。

小町身披人造毛皮、頭戴貓耳，背後還有一條尾巴。

「小町也不是很清楚，反正可愛就好～」

誰教美少女不管穿什麼都一樣可愛呢？搞不好變成機動戰士還是很可愛。看看「G鋼彈」裡的諾貝爾鋼彈便不難理解。

小町彎曲那雙巨大的貓手套，研究該如何表現得更像貓。這時，她背後冒出一個類似幽靈的東西。

「…………」

那個幽靈輕輕把手伸向小町的貓耳。

——捏來捏去。

「那個……雪乃姐姐？」

——摸來摸去。

雪之下又握住她的尾巴，然後點點頭。

妳知道了什麼嗎？不要擺出鑑定節目裡那些鑑定師的表情啦！接下來是不是要說「這是個好東西呢」（註45）？

註44　日文原名為「劇團四季」，是目前日本最大的劇團，不僅引進不少國外音樂劇，也有不少原創劇目。

註45　綜藝節目「開運鑑定團」鑑定師中島誠之助的口頭禪。

「……做得真是不錯，很適合妳喔。」

「謝謝雪乃姐姐的讚美，雪乃姐姐的裝扮也超適合的！對不對，哥哥？」

「是啊，那身和服跟妳相配得一塌糊塗，跟雪女沒什麼兩樣。今晚打算殺幾個人啊？」

「……你是在誇獎我嗎？」

雪之下的眉毛微微揚起，我瞬間感到背後一陣惡寒。

「對對對，就是那種寒氣。果然是雪女，實在太像了。」

我竭盡所能地讚美雪之下，雪之下卻撥開肩上的長髮瞪我。

「你那身殭屍的打扮也很相稱，死魚眼的逼真度，已經是好萊塢的等級。」

「可是我完全沒有化妝。」

我陰沉地瞪一眼雪之下，但是馬上被她瞪回來，令我反射性地移開視線。好恐怖！

移開視線後，這次看到的是穿上小惡魔裝、動作扭扭捏捏的由比濱。

她站在全身鏡前露出笑容，下一秒立刻想到什麼似地甩甩頭，失望地嘆一口氣，然後又打起精神擺出另一個姿勢，如同初次參加 Cosplay 活動的人前一晚會做的事。

「妳可真忙。」

「啊，自閉男……」

由比濱聽見我的聲音，雙手環胸遮掩住身體，表情明顯透露出自信不足。

「我說啊……」

她低垂著頭，只把眼睛往上抬，等待我發表感想。

「你覺得……怎麼樣？」

「如果有任何一點不合適，我早就直接說出來、大肆嘲笑妳……可惜今天沒有這個機會。」

「咦？這個意思是……」

由比濱思考一會兒才想通，得意地呵呵笑著。

「為什麼不坦率地讚美呢？笨～～蛋～～」

她高高興興地念我一頓，然後帶著比剛才更好的心情重新轉向鏡子。小町在一旁看著這一切，「嘿嘿～」地露出滿意的微笑。

「哥哥很彆嬌耶～」

「不要自己創造奇怪的名詞。」

我感到一陣強烈的徒勞。這時，葉山那群人回來了。

三浦和戶部也已準備就緒，尤其是三浦，明明沒有變裝卻還是恐怖得要命，亦即她平時便這麼恐怖。

「葉山。」

葉山聽到我開口，便點點頭說：

「那麼，我們最後再來沙盤推演一次。」

距離試膽大會開始，已經沒剩下多少時間。

這註定是一場不快樂的結局，不可能出現任何好事。然而，事情依然緩緩進行，沒有人能夠阻止。

× × ×

試膽大會的出發處燃起篝火，使現場氣氛更加陰森。火焰燃燒木柴發出劈啪聲響，還不斷冒出火星。

「好～接下來是這一隊～」

小町每點到下一個要出發的小隊，小朋友們便發出「呀～～」的騷動聲。被點到名的小隊驚叫著站起身，一起走到起點前。

試膽大會開始三十分鐘後，已有將近七成的小隊出發去找符咒。

各組出發的順序如葉山所提議的，並非事先決定，而是由我們現場指定。

小學生們個個難掩緊張，擔心下一個會不會輪到自己。葉山見自己的提案奏效也鬆一口氣，然後對三浦和戶部說些悄悄話，大概是在商討計畫的最終階段。

「請你們去森林深處的祠堂取回符咒。」

戶塚扮成魔女站在森林入口，向小學生們下達簡單的指示。他剛開始時還有點緊張，吃了好幾次螺絲，不過引導過幾組後越來越熟練，成為現在這樣子，表現得有模有樣。

看來這裡可以放心交給小町和戶塚。何況平塚老師也在場，應該不至於發生什麼大問題。

我偷偷離開起點，到處巡視試膽大會的情形，順便看看其他人的表現如何。

我隱身在樹林中，以免小學生們看到。

從起點出發後，第一個碰到的幽靈是由比濱。

小學生經過這裡時，她會從樹蔭下跳出來。

「吼～～我要吃掉你們～～～」（註46）

……那是什麼嚇人方式？妳是從兒童節目跑出來的怪獸嗎？

小學生們見到一個沒什麼大腦的大姐姐突然蹦出來，不但沒有嚇到，還大聲發出爆笑聲逃跑。

他們跑遠後，由比濱失落地垂下肩膀，難過地吸吸鼻子。

「總覺得……我像個大笨蛋……」

真可憐……

我在原地猶豫一會兒，不知該不該出聲叫她，最後還是決定作罷，繼續在樹林間抄捷徑趕路。

註46 兒童節目「ひらけ！ポンキッキ」裡恐龍角色「ガチャピン」的著名台詞。

一路上，我不時聽見小朋友大聲說話。

他們高聲談笑，一下抱怨設計太寒酸，一下說一點都不恐怖。事實上，的確不怎麼恐怖沒錯，不過當我發出沙沙聲響，那群人便瞬間安靜下來，紛紛說著：「什麼聲音？」、「那裡好像有東西」、「明明就沒有……」

最讓人感到恐怖的，是未知的真相。我趁還沒被他們察覺之前，迅速離開原處。樹林內既深且暗，光是這樣，我便覺得全身寒毛直豎。現在明明是夏天，高原的夜晚卻充滿涼意。多虧如此，我分不出自己是單純因為寒冷，還是注意到某些不明物體而膽寒。

我只能靠微弱的月光和星光看清道路，經過一個彎道後，前方出現白色的身影。樹枝間撒落的月光照亮潔白的肌膚，在夜風吹拂下，她的姿態顯得格外虛幻。

我頓時無法作聲。

不是因為恐怖，而是她鮮明到恐怖地步的美麗倩影令我看得出神。那種美貌宛如一種禁忌，不用說是伸手觸碰，連靠近她或對她開口都是不被容許的。

這個世界上，想必存在過許多這樣的事物。在人們用語言一代代傳承的過程中，他們逐漸演變成妖怪般的存在——我腦中冒出這些稀奇古怪的念頭。

雪之下雪乃佇立在那裡，沐浴皎潔的月光、迎著凜冽的風，彷彿真的幽靈。

這段靜止的時間其實根本不到幾秒鐘。

她察覺背後有人而轉過頭，跟躲在樹蔭下的我對上視線。

「呀啊！」

雪之下見我突然出現，嚇得往後跳兩公尺。

「……比企谷……同學？」

她連眨好幾下眼，才安心地輕撫胸口。

剛才那是什麼反應……害我不小心跟著嚇一跳。

「辛苦啦。」

「看到你那副死魚眼，我還以為是幽靈……」

她的反應真不可愛，令我不禁苦笑。

「妳不是說世界上根本沒有幽靈嗎？」

「沒錯，是沒有。」

「不過，妳好像嚇一大跳呢。」

雪之下聞言，不悅地瞪我一眼，接著滔滔不絕說道：

「我怎麼可能被嚇到？人們正是因為相信這類東西存在，大腦才會自動把影像投射在視覺皮層上。醫學上早已證明，人類深信的事物確實會對身體產生作用。幽靈這種東西根本不存在，反過來說，只要相信不存在便不會存在。絕對！」

不管我怎麼聽，都覺得她這番話只是藉口……尤其是最後那個「絕對」，根本是畫蛇添足。

「話說回來，試膽大會還要多久才結束？」

「已經進行到七成，快結束了。」

「這樣啊……看來還得繼續在這裡待一會兒。」

雪之下輕嘆一聲。

這時，草叢忽然沙沙作響，雪之下的肩膀跟著顫抖一下。其實妳在害怕沒錯吧？

啊，不妙！小學生已經走到這裡嗎？要是站在這種地方，一定會被他們看到！我正要躲回樹蔭下，衣服突然被鉤住。回頭一看，我發現是雪之下抓著我的衣襬。

「什麼事？」

「咦？啊……」

聽我這麼問，雪之下也面露訝異。她似乎是下意識抓住我的衣服，回過神來才迅速放開手，把臉別開。

「……沒什麼，倒是你趕快躲起來比較好吧？」

「非常遺憾，已經來不及了。」

在我移動之前，小學生們已繞過彎路出現，走在最前面的人視線跟我對個正著。進行試膽大會時，如果遇到一個穿著很普通的男子，肯定不會覺得恐怖。看來我搞砸了這場活動……

雖然我這麼想，小學生卻驚愕地睜大雙眼。

「殭、殭屍！」

「不對，是食屍鬼！」

「他的眼睛好可怕，快逃啊！」

他們嚇得逃之夭夭。我仰頭看向星空，湧起一股想哭的衝動。

雪之下笑著拍拍我的肩膀。

「小朋友玩得高興不是很好嗎？多虧你的死魚眼，讓他們留下難忘的回憶。」

「妳實在很不會安慰人……」

為什麼還給我補刀啊……

「好啦，我差不多要走了。」

「嗯，待會見。」

我跟雪之下道別，繼續向前趕路。小學生已經走遠，不過我橫越樹林間的話，還是可以超前他們。

我幾乎無視接下來的路程，直接趕往終點處的篝火。

最後的祠堂是由海老名看守。她手持翠綠的枝葉搖晃，大概是要充當神社裡的楊桐枝。

「謹以敬畏之心～向高天原祈禱～」

她連祈禱文都準備好了，還很樂在其中（註47）。哇，我真像極了蠢蛋！

不過，大家來到祠堂鬆懈下來時，忽然發現一個巫女可能也滿恐怖的。而且她

註47「祈禱文」的日文為「祝詞（のりと）」，跟「樂在其中（のりのり）」的前兩個音節相同。

還會念祈禱文，感覺有點陰森。

海老名察覺我接近，把頭轉向我打聲招呼。

「啊，比企鵝同學。」

「嗨，妳太認真了吧？」

「因為我也萌陰陽師的配對。」

「這樣啊……」

陰陽師的配對……該不會是清明×道滿吧？這部分太過深奧，我完全無法理解。老實說，海老名平時的模樣比巫女服打扮恐怖太多了。

我感到一陣恐懼，簡單跟海老名道別後，立刻逃之夭夭。

×　×　×

我繞完一圈後回到出發處，在場只剩下三個小隊。

小町又挑了其中一隊出發。

接著，葉山他們開始行動。

「那麼比企鵝，我們過去囉，再來就交給你。」

「瞭解。」

我們簡短溝通後，葉山三人組先行出發，我留下來等留美那一組。

篝火繼續劈啪作響，灰燼飄散至風中。

遠處的樹林中，不時傳來分不清是哀號還是歡呼的叫聲。

在這段等待的時間，我注意著留美的狀況。

留美周圍的人都在興奮地聊天，只有她始終閉口不語。由於老師在附近，其他人還不至於明目張膽地排擠留美，不過她們仍很明顯地跟留美保持距離，把她隔絕在外。

留美本人也很清楚這點，所以自動待在一步之外的地方。看她必須顧慮那種事情，我的胸口湧起一股複雜的情緒。

小町掏出口袋裡的手機看看時間。

「……好！接下來是這一隊！」

被點名的一隊騷動起來，剩下的最後一隊則不知是失望還是安心地吁一口氣，倒數第二隊在小町和戶塚的指示下進入森林。

我確定他們出發後，再度躡手躡腳地離開現場。

這次要去的地方是山路上的分歧點，亦即用三角錐堵住其中一條路的地方。

如同先前四處巡視的方式，我選擇在樹林間穿梭，以免途中碰到小學生。夜裡沾著露水的樹葉很冰冷，隨著時間越來越晚，戶外氣溫逐漸下降。

我快速經過由比濱和雪之下負責的區域，抵達位於祠堂附近，道路分成繞森林一圈的路線，以及進入登山道的岔路口。

由於一路上都在小跑步，現在我有一點喘。待呼吸恢復正常後，我躲進旁邊的樹蔭。但這麼做並非準備嚇人，而是單純躲在這裡。

倒數第二組走過岔路，嘈雜聲跟著遠去。接下來，我挪動三角錐擋住通往祠堂的路，使最後一組走不到終點。

葉山、三浦、戶部正在通往登山道的路上等待，我過去通知他們：「差不多要來了，拜託囉。」

「瞭解。」

葉山簡短回答，坐到身旁的岩石上，隨侍在側的三浦和戶部跟著動作。

我確定他們都準備好後，再度躲回分歧點附近的樹蔭下。

一分鐘、兩分鐘……我在這裡等待留美那一組出現。照時間看來，她們應該差不多出發了。

隨著時間越來越晚，樹林也更為黑暗。我在漆黑中閉上雙眼，豎起耳朵仔細聆聽。貓頭鷹嗚嗚叫，樹枝沙沙作響。

這時，我的耳朵捕捉到動靜。

興高采烈的說話聲從遠處接近，其中沒有留美的聲音。不過，等她們來到我能用眼睛確認的距離時，我發現留美確實在其中。隊伍裡只有她一個人緊抿嘴唇。

這一切將在今夜畫下句點。

隊伍走到路線分歧處，帶頭的人好奇地瞥一眼三角錐堵住的路，接著走上彎道。後面的同學跟著前進，沒有任何人發覺不對勁。

我保持一段安全距離，小心翼翼地尾隨在她們之後。

這時，忽然有人輕聲叫我。

「比企谷同學，狀況如何？」

我回過頭，看見雪之下跟由比濱也來了。因為留美的小隊是最後一組，她們扮幽靈嚇人的工作已經結束。

「她們正在往葉山那裡的路上，我打算跟過去看。妳們呢？」

「當然要去。」

「我也是。」

雪之下跟由比濱頷首，我也點頭回應。於是，我們三人躡手躡腳地移動。

留美那個小隊聊起天來格外大聲，似乎是想驅散對黑暗的恐懼。她們吵吵鬧鬧地走到一半，有個人突然發出「啊」的聲音。

隊伍的前方出現人影。

「啊，是大哥哥他們！」

小學生們一發現葉山那群人，馬上快步跑過去。

「打扮得太普通了吧？」

「好俗～～」

「認真一點好不好！」

「這樣試膽大會一點也不恐怖啦～～」

「你們是高中生，腦筋怎麼這麼差啊？」

她們見過葉山等人，再加上對方穿得跟平常沒什麼兩樣，因此緊張感一口氣全部消散，大家親暱地圍上前。

然而，戶部粗魯地推開靠近他的小學生，還用帶有敵意的低沉聲音喝道：

「啥？妳們是在沒大沒小什麼？」

「妳們幾個太囂張了吧？我們跟妳們又不是朋友。」

這一刻，小學生們都僵在原地。

「咦……」

她們用力轉動腦袋，想理解自己聽到的內容。不過，三浦不給她們思考的時間，繼續說道：

「對了，剛才是不是有誰瞧不起我們？哪一個傢伙說的？」

幾個小女生面面相覷，沒有人敢回答。

三浦見狀，不耐煩地咂舌一聲。

「我在問妳們是誰說的。剛剛不是有人開口嗎？是誰？答不出來嗎？快說！」

「對不起……」

小隊裡某個人發出微弱的聲音道歉。

可是，三浦連看都不看一眼，只撂下一句話：

「什麼？我聽不清楚。」

「喂，這是看不起我們嗎？」

戶部一瞪小學生，她們立刻往後退，但後面還有三浦擋著。

「上吧上吧，戶部，告訴她們什麼是禮貌。這不也是我們的工作嗎？」

小學生們被逼得動彈不得，想逃也逃不出去。不知不覺間，她們已經被困在葉山、三浦、戶部圍成的三角形中。

戶部毫不留情地粗暴威嚇。

三浦對她們施加壓力，字字句句都像銳利的荊棘。

葉山則始終保持沉默，只用冰冷的視線營造難以形容的恐怖感。

這群小學生前一刻還玩得高高興興，跟現在相比，落差實在太大。她們一定很想把時間倒回去，痛揍得意忘形又愚蠢的自己。正因為直到剛才為止還那麼開心，現在墜入谷底的心情特別強烈。

戶部劈里啪啦地按著雙手關節，然後握住拳頭。

「葉山大哥，要不要教訓她們一頓？」

小學生們也一起看向葉山，心生某種期待：他是最和藹可親的人，想必會出手幫忙，露出溫柔的笑容替她們說話。

很不幸的，葉山只是冷笑一下，說出我們稍早套好的話。

「這樣吧，我放過妳們一半的人，剩下的一半留下來。妳們可以自己決定哪些人要留下來。」

他的聲音冷酷得近乎殘忍。

一片死寂中，小學生們妳看我、我看妳，只用眼神互相詢問該怎麼辦。

「……真的很對不起。」

這次又有一個人更鄭重地道歉，而且還快哭出來。

可惜葉山並未就此作罷。

「我不是要妳們道歉。剛才已經說過，一半的人留下來……快做決定。」

小學生們每聽到一次冷酷的聲音，肩膀便跟著顫抖一下。

「喂，妳們是聾子嗎？還是妳們聽到了卻故意不理會？」

「動作快一點！到底誰要留下來？妳嗎？」

三浦繼續施加壓力，戶部則跺腳發出恐嚇。

「鶴見，妳留下來啦……」

「……就、就是說啊。」

「…………」

一群人交頭接耳地討論由誰當替死鬼。留美不出任何聲，也不置可否。她應該早已猜到自己一定會被推出去，這是預料中的事情。

我忍不住嘆一口氣。到目前為止，事情發展如同我的想像，接下來便是看她們會不會繼續照我的劇本走。

一旁的雪之下也嘆一口氣。

「接下來才是你的目標，對吧？」

「沒錯，我要破壞鶴見留美周圍的人際關係。」

由比濱聽見我們的悄聲對談，落寞地低喃：

「那樣做真的好嗎……」

「沒問題。那種虛假的人際關係，最好是一口氣徹底破壞掉。」

「破壞得掉嗎？」

她不安地追問，我無力地點頭。

「大概吧。如同葉山所說，如果那些小學生真的很要好，就不會發生那種事，而是在這裡告一段落。但是，事實似乎不是如此。」

「的確。會跟以陷害別人為樂、藉此感到安心的人為伍的，也都是同樣類型。」

雪之下已經看透事情的發展——不，從她的口氣聽來，彷彿已看慣這種事。

她說的沒錯，事情並沒有到此告一段落。

留美被推出去後，葉山臉上瞬間閃過苦澀的神情，但又戴上冷酷的面具。

「選出一個人了嗎？還有兩個人，動作快。」

剩餘的五個人當中得再挑兩人，亦即要再經歷兩次先前的過程。究竟是誰不好？誰又該背負那些罪名？魔女審判正式展開。

「……如果由香沒說那句話就好了。」

「都是妳不好！」

「有道理……」

當其中一人指名另外一人時，大家立即跟著附和。她們是把囚犯送上斷頭台的人，是砍斷繩索的人，也是抱著期待心理等待的人。

然而，沒有人想當唯唯諾諾的弱者。

「不對！一開始是仁美說的！」

「我什麼也沒說！我根本沒有錯！明明是小森的態度不好！妳每次都是那樣，連對老師也一樣！」

「啊？妳說我？這跟平常有什麼關係？明明是仁美先說的，然後由香第二個說，現在為什麼要怪我？」

大家吵成一團，激動地快要揪住對方的衣領。我們在一旁觀察，都覺得她們火爆到嗓子快喊啞了。

「大家別吵，還是趕快道歉吧……」

在恐懼、絕望、憎惡交織下，有人不禁哭出來。她們大概覺得，眼淚多少能換得葉山等人的一點同情。

可惜三浦見她們流下眼淚，態度不但沒有軟化，反而變得更加不悅，啪的一聲大力闔上玩到一半的手機，吐出猛烈的火焰。

「我最討厭以為哭就沒事的女生。隼人，你要怎麼做？她們還是學不乖呢。」

「……還有兩個人，動作快。」

葉山壓抑情感，用機械般的口吻說道。戶部則作勢揮了幾拳。

「隼人，直接把大家都揍一頓比較快啦～」

「我只等妳們三十秒。」

這樣下去的話，永遠不會有結果。因此他設下時間限制，施加更強大的壓力。

「就算我們現在道歉，也得不到原諒……還是叫老師吧？」

「喔，我們已經記住妳們的臉，去告狀的話會怎麼樣應該很清楚吧？」

其中一人提議之後，立即被戶部輕輕鬆鬆地破解。她們在無計可施之下，漸漸沉默不再說話，任憑時間不斷流逝。

「剩下二十秒。」

現場只有葉山的聲音。

經過一段短暫的無聲後，小隊裡的某個人嘟囔道：

「……還是由香留下來啦。」

「就是妳啦，由香！」

「……我也這麼覺得。」

第二個人較大聲地附和，後面接著另一個冷靜的聲音。

小隊裡有一個人的臉變得慘白，想必那個人正是由香。她稍微瞄向唯一還沒開口的隊員。

由香看的那個人垂下眼睛，將臉別到一旁。

「……對不起，這也是不得已的。」

由香聽到這句話，嘴脣忍不住顫抖。她大概完全不明白究竟發生什麼事。

由比濱吐出一口憋了很久的氣。

「不得已的嗎……」

沒錯，那是不得已的。

沒有人敢違背多數人的意見，所以，即使知道有人得為此承受痛苦，也沒有辦法做什麼。

多數決和眾人意見是不可違背的，有時我們甚至不得不忽視自己的意志。因為「大家」都這麼說、「大家」都這麼做，如果不聽「大家」的話，便無法融入那個圈子。

可是，沒有人叫做「大家」。「大家」不會說話，也不會揮拳揍人，更沒有生氣和歡笑等反應。

那是集團魔力形成的幻想、不經意間產生的魔物、為了隱藏每個人心中的渺小惡意而創造的亡靈，啃噬被排擠者，甚至會對自己的同伴下咒。

不論是他還是她，都曾淪為被害者。

因此，我憎恨把「大家」這個觀念強加給所有人的世界；憎恨靠犧牲別人的卑劣手段才換來的平和；憎恨埋沒善良與正義，立起惡毒的大旗，隨著時間流逝，只剩下一片荊棘與欺瞞的空洞概念。

我們改變不了過去、改變不了世界，也改變不了已經發生的事情以及「大家」。不過，這不代表我們非得加入「大家」這個群體不可。

我們可以拋下過去，也可以把這個世界破壞殆盡。

「十、九……」

葉山仍在倒數。

留美只是靜靜閉著眼睛，緊握掛在脖子上的數位相機，宛如握著護身符。她說不定真的正在心裡祈禱。

「八、七……」

有人發出吶喊，有人低聲啜泣，漆黑的森林吸收她們的憎惡，似乎變得更黑暗。

差不多是時候了。那群小學生已經察覺自己和他人的惡意，這樣便已足夠。接下來，只要對她們說聲「開玩笑的～嚇到了吧♪」就好。雖然這番舉動註定將受到老師責備，但那種事情就由我扛下。

我在心裡打定主意，準備站起身——

「等一下。」

這時，突然有人拉住我的衣服，害我勒到脖子。

「唔咳……怎麼啦？」

我回過頭，看到由比濱專注地盯著留美。見到她的舉動，我又蹲回去。

「五、四、三……」

留美舉手打斷葉山倒數。葉山等人全部看向她，用眼神問她：「什麼事？」

「那個……」

就在這時——

他們的四周發出強烈閃光，還伴隨啪嚓啪嚓的連續機械聲。眩目的光亮衝出黑夜，將眼前塗成一片白色。

「跑得動嗎？快點，往這裡！」

我的眼前閃爍不已，只聽見留美這句話，以及好幾個人從旁邊跑過的腳步聲。

經過好一段時間，我才明白是怎麼一回事。

「剛才的光……是閃光燈嗎？」

我揉揉早已適應黑暗的眼睛。

留美想必是使用掛在脖子上的相機發出閃光。在出其不意的情況下，那效果如同閃光彈一樣。

葉山、戶部和三浦完全愣在原地。

「那個孩子救了大家嗎……真不敢相信……」

雪之下低聲說道。

由比濱有點高興，開口對我說：

「其實她們是很要好的，沒錯吧？」

「不互相傷害便無法建立的友情，怎麼可能是真的？」

「這樣啊，有道理……」

她又有些失望地低下頭。

不過，我可以再補充一句：

「……可是，在知道是虛假的情況下，依然決定要伸出援手的話，那肯定不是假的。」

雪之下聞言，也心不甘情不願地點頭。

「……的確如此。」

「不，其實我也不知道。」

「什麼啊，太隨便了吧……」

由比濱露出受不了的表情。

沒辦法啊，我真的不知道嘛。

「如果是真的該有多好。」

她最後笑出來。

「──世界上的壞人不可能每個都一模一樣。大家平常都是好人，或至少都是普通人，但是到緊要關頭時，卻會突然變成壞人。這一點是可怕的地方，所以不能掉以輕心。」

我忽地想起這段話，把它背誦出來。

「你突然在說什麼啊……真可怕。」

由比濱用詭異的表情看過來，這傢伙真是失禮。雪之下聽了，倒是微微點頭。

「夏目漱石，對吧？」

「沒錯，這是他寫的內容。反過來說，世界上的好人也不可能一模一樣，有些人同樣會在緊要關頭突然變成好人。大概吧。」

由比濱聽完我的話，把頭歪向一邊思考。

「嗯～～所以說究竟是不是真的，還是沒有標準答案囉？」

「正是這個意思，真正的謎底在《竹林中》。」

「那是芥川龍之介的作品吧……」

對話中不時穿插國文好的人才能理解的內容，儼然成為我們的固定戲碼。但雪之下只是無奈地嘆一口氣，由比濱的頭上則冒出更多問號。果然還是應該用夏目漱石作結嗎……

我開始在腦中翻箱倒櫃，尋找夏目漱石的作品裡有沒有什麼好句子能拿來用。

同一時間，葉山那一群人回到這裡。

「辛苦了。」

葉山對我開口。

「喔，你們也辛苦啦。」

我向戶部和三浦說道。這三人是本次計畫的最大功臣，如果沒有他們，一切根本不可能實現。

「我絕對不再幹這種事……眼睛到現在都還是花的。」

「今天可以回去休息了吧？」

「之後麻煩你好嗎？我也有點累了。」

葉山深深嘆一口氣，看來他是真的很疲憊。畢竟平常總是當好人的傢伙要突然扮黑臉，做起不像他應該做的事情，當然會格外辛苦。

「沒問題，我會簡單善後一下，反正也沒有什麼重要的事。」

「太好了，謝啦。」

葉山淡淡一笑，帶三浦和戶部回去房間。

「我們去把衣服換回來。」

「對喔，而且換衣服滿麻煩的。」

「嗯，待會兒見。」

我跟雪之下和由比濱道別後，往廣場的方向走去。

從這裡已經能清楚看到熊熊燃燒的營火。

小學生們在巨大的營火堆四周圍成大圓圈唱歌，歌詞內容大略是「大家要永遠當好朋友」之類的，對我來說是充滿創傷的一首歌。

小町、戶塚、海老名也去換衣服，因此在場只有我一個人看著營火發呆。

歌曲唱完後，終於進入最令人興奮期待的土風舞時間。從大圓圈的外圍看去，原本讓我感到厭惡的活動變得相當有意思，真是不可思議。

不過，留美那一小隊的女孩子不太高興。她們前一刻才把對彼此的不滿毫不保留地說出來，如今會那樣也是理所當然的。

那群人絲毫不看彼此一眼，倒是有意無意地瞄向留美。從這個晚上開始，她們應該會漸漸跟留美說話吧。

我沒有什麼事情可做，索性去找平塚老師。

平塚老師正在跟小學的老師說話。她察覺到我，便中斷原本的對話朝我走來。

「試膽大會辛苦啦，今天你們可以回去休息了。接下來沒有什麼重要的事，留待明天再做即可。至於那個問題，有沒有順利解決？」

「嗯……這個嘛……」

我不知該如何回答老師的問題。這時，換好衣服的雪之下走過來。

「我們只是集體弄哭她們，破壞她們的友情而已。」

×　×　×

「妳的解釋方法太惡質了……」

「不過這是事實啊。」

「被妳這樣一說……」

我的確無法反駁。說實話，雪之下講的一點也沒錯，這才讓我傷腦筋。

平塚老師把頭偏向一邊，想著該做什麼回應。

「雖然我不瞭解詳情……不過就我看來，現在那孩子不像是被孤立，周圍反而有不少人……好吧，這樣也好。這的確是你們的作風。」

老師看著正在跳土風舞的小學生，嘴角露出笑容，然後回去原本的地方。

我跟雪之下留在原處，雪之下有點難以啟齒地開口：

「比企谷同學……你究竟是為了誰才想解決這個問題？」

「當然是留留啊。」

我聳肩答道。

畢竟我沒受到任何人委託。我接到的指示，是思考「鶴見留美該如何跟周圍人和諧共處」。

除此之外，我壓根兒不認為自己有做任何事。即使有人把自己的過去跟這件事重疊在一起，也不是我所能預料的。我不覺得自己有什麼功勞。

「……這樣啊，那就好。」

雪之下不再追問，轉而望向廣場中央的營火堆。此時小學生們的土風舞正好結束，來到散會時刻。

大家從我們身旁的道路散去。

我發現留美的身影。

留美也注意到我，卻自然而然地別開視線，經過我身旁時完全不看我一眼。

「真是好心沒好報。」

雪之下半開玩笑地說道。

「我本來就沒有做什麼好事。真要說的話，不過是恐嚇小學生，破壞她們的人際關係。而且我還利用其他人……那是最低劣的手段，一點都不值得感謝。」

「嗯……不過，光是拆散那些專門惹麻煩的學生，已經讓她輕鬆許多。再說，那個孩子確實是憑自己的意志往前進。即使是低劣或不被允許的手段，那些成果無疑都是比企谷同學促成的。」

雪之下毫不保留地坦率說出事實。

「所以，得不到任何人誇獎也沒關係，只要最後能產生一件好事，便是可以接受的。」

她難得露出溫柔的微笑，而不是擺出高高在上的態度，或發揮毒舌說一些酸溜溜的話。然而，那僅止於一瞬間，她迅速轉過身，看向由比濱等人。

由比濱手拿水桶和煙火。小町和戶塚則纏著平塚老師，搶走她的打火機後開始玩煙火。好吧，只要平塚老師高興就好。

「讓妳久等了，小雪乃～來，煙火！」

「我還是算了，你們兩個去玩吧，我坐在那裡欣賞。」

「咦～人家都買好了……」

「我已經沒有玩的力氣，你們要小心用火喔。」

雪之下安撫完由比濱的不滿，走向稍遠處的長椅坐下。

「妳是老奶奶嗎……」

我們也向平塚老師借打火機，點燃準備好的蠟燭。

這些仙女棒大概是由比濱來這裡之前在便利商店買的，然後跟小町他們平分。

我點燃仙女棒，前端立刻咻咻咻地噴出綠色火花。喔喔，真漂亮！

……話說回來，仙女棒的正確玩法到底是什麼？拿去燒藥丸蟲似乎不太對，那麼是單純欣賞嗎？若是高空煙火，我還想像得到應該怎麼玩，拿來射別人沒錯吧？以前我曾在書上看過（註48）。

「小雪乃！快看快看！」

由比濱雙手各持四根仙女棒華麗地揮舞，妳以為自己是「快打旋風」裡的巴洛克嗎？那可是危險動作，千萬不能模仿耶！

她用火花在空中畫出軌跡，有如跳著舞；再看到小町和戶塚也手拿仙女棒揮來揮去，說不定這才是正確的玩法。

註48　指那須正幹的作品《調皮三人組》。

不過在這麼奢侈的玩法下，仙女棒不一會兒便玩完。於是，再來輪到線香花火（註49）登場。

我用身體擋住風，點燃線香花火；由比濱也坐到地上，用跟我一樣的方式小心地點火。

線香花火劈劈啪啪地發出橙色光芒。大家前一刻還那麼喧鬧，現在則宛如施了魔法似地安靜下來。

「……留美她們應該沒問題了吧？」

「不知道，這不是我們能夠決定的。」

「不過，之後應該不會再出現那種奇怪的排擠風潮。」

「但朋友也會跟著消失。」

這時，我手上的火種掉下來。有如熔鐵的橙色光芒，落地後迅速黯淡。

由比濱又遞給我一根線香花火。

「……那樣至少輕鬆多了，一直跟隨大家的意見也很辛苦。我老是受到大家的意見影響，所以我說這句話一定不會錯。」

既然是比濱小姐的親身經歷，便有一定的說服力，說不定我可以試著相信看看。

我玩弄一下線香花火才用蠟燭點燃，線香花火「嘶」一聲冒出少許煙霧，接著閃出球狀火花。

註49 外型如同彩色紙繩，點燃後會冒出小火花。

這時由比濱手中的線香花火已燃燒殆盡。她似乎一直在等這一刻，輕聲對我說：

「自閉男，我們全都完成了呢。」

「什麼東西？」

「之前我們見面時不是約好了嗎？雖然沒烤肉，但我們吃了咖哩；雖然沒有去游泳池，不過有在小溪裡玩水；原本說的露營，則是改為社團集訓；還有試膽大會，雖然我們是負責嚇人的一方。」

「那樣算是完成嗎？」

我總覺得不太正確。

由比濱把燒完的線香花火扔進水桶，又拿一根新的。

「有什麼關係？反正差不多……而且，我們現在也一起玩了煙火。」

「嗯……」

「這樣不是全都達成了嗎？所以……下次要兩個人一起出去玩喔！」

由比濱在此打住，我好奇地看過去。我們對上視線後，她露出笑容，手中的線香花火「啪」一聲綻放火花。

聽到這句話，我當然是如此回答：

「……到時候再跟我聯絡。」

× × ×

我們玩完煙火、收拾完畢後，時間也跟昨天一樣弄到很晚。

今天我一樣在管理大樓內的澡堂泡澡。這次我是排最後一個，所以不需要匆忙趕著洗澡。洗完澡之後，我吹著夜風走回小木屋。

回到小木屋時，房內一片黑暗，看來大家都已就寢。

我鑽進房間最內側已經鋪好的被窩裡，「呼～」地舒一口氣……大概是戶塚幫我鋪的棉被吧，真想把他娶回家……

「比企鵝……」

「葉山？我吵到你嗎？」

「不，只是睡不太著。」

的確，做過那種事情之後，怎麼可能還會有好夢？我光是躲在一旁的陰暗處觀察，都覺得很不好受。

「抱歉，勉強你扮黑臉……」

「我不介意，其實感覺不會很差。只不過，那讓我想起過去……我曾經遇過類似的事，但是什麼都沒做。」

葉山的語氣不帶嘲諷或哀憐，只是單純在訴說一件往事。

我不知道葉山和雪之下的過去，因此沒辦法回應什麼，只能轉個身代替點頭。

「如果雪之下同學能跟她姐姐一樣就好了……」

對喔，葉山跟雪之下的家人彼此認識，所以他當然知道陽乃的存在。不過，雖然是指同一個人，我卻跟他抱持不同的意見。

「不……她不用像自己的姐姐。我一想像雪之下親切的樣子便覺得恐怖。」

「哈哈，的確。」

儘管我看不見葉山的臉，還是可以從聲音猜到他露出笑容。接著，他的語調突然轉為低沉，我依稀聽到他的呼吸聲。

「……比企鵝，我問你。如果我們念同一所小學，大概會是什麼樣子？」

我毫不猶豫地回答這個問題：

「那還用說嗎？那間學校會多一個獨行俠，如此而已。」

「是嗎？」

「當然。」

我對這句話格外有把握。在一片黑暗中，葉山偷偷笑著，又輕咳幾下掩飾自己發出的笑聲。

「我認為很多事情會發展成不同的結局。可是……」

他停頓一下，在腦中挑選字句。

「——我可能還是無法跟比企谷好好相處。」

我沒料到他會說這種話，腦中頓時一片空白。葉山跟什麼人都能處得很好，竟然也會這樣說……我停頓一拍，故意用怨恨的聲音回答他：

「……你真過分，我可是有點受到打擊喔。」

「開玩笑的，晚安。」

「嗯，晚安。」

說不定我現在才真正理解葉山的為人，如同葉山真正理解比企谷八幡的為人。

他的聲音雖然友善，卻也潛藏某種苛刻。

我直覺感受到，他的那句話中沒有半點謊言。

8

於是，載著雪之下雪乃的車子逐漸遠去

回程的車上一片靜寂。

從出發到現在還沒經過三十分鐘，後座的人已全數陣亡。開車出外旅行時，這種情況其實相當常見。

坐在前座的我一不小心也會陷入昏沉，但如果連我都睡著，開車的平塚老師實在太可憐，所以我勉強打起精神。

高速公路上沒有什麼車流。雖然學生正在放暑假，但今天其實是一般人的上班日。在盂蘭盆節的假期前夕，往千葉市的道路上沒有什麼導致塞車的理由。

所以，再忍耐兩、三個小時即可。

「我打算讓大家在學校解散，沒問題吧？要一個個送你們回家實在太麻煩。」

平塚老師擬好回程的方案，詢問我的意見。

「那樣很好啊。」

老師點頭回應我。畢竟她應該也很累了，我們還是盡快解散比較好。

老師看著前方，繼續輕聲說道：

「這次的情況……真是有驚無險。萬一有什麼閃失，可能會演變成大問題。」

她是指鶴見留美的事。我不記得自己曾主動提過整件事的來龍去脈，她大概是從其他管道得知的。

「是，對不起。」

「我沒有責備你的意思，那樣做也是不得已的吧？而且時間那麼緊迫，我倒覺得你做得很好。」

「不過手段非常低劣。」

「是啊，你真是差勁。」

「為什麼批評我的人格……現在不是在討論我使用的方法嗎？」

「當你想出那種方法時，便代表你差勁透頂。可是，或許正因為你那麼差勁，才有辦法貼近落入最底層的人。這項資質可是非常寶貴。」

「這種讚美方式真討厭……」

真是被她打敗了。

相較於我，平塚老師則是愉快地哼起歌。

「那麼，這次應該怎麼給分呢？」

「當然是八幡大獲全勝，對不對？」

從提出企劃、訂定方案、到監督整個計畫完成，都是由我包辦。我承認最後究竟有沒有幫到忙，其實非常難以下定論，但是，看在我這麼積極的份上，應該要予以肯定才是。

「嗯……可是，如果雪之下當時選擇不接受，你便不會有所動作吧？再說，要不是由比濱說服你們，我不覺得你們會採取行動。」

「可惡，同燈同分嗎……」

真可惜——正當我這麼想時，老師不懷好意地對我一笑。

「你什麼時候產生同燈同分的錯覺？」

「又來了……」

「你本來還不想來的對吧？所以扣分之後雪之下跟由比濱各得一分，你是零分。」

「好像是預料中的事……」

「不過，還是辛苦你啦。」

老師一隻手握著方向盤，一隻手伸過來拍拍我的頭。

「請不要把我當成小孩子，這樣很難為情。」

「別害羞、別害羞嘛～」

她似乎覺得尋我開心是一件很快樂的事，又多揉好幾下。

「啊，我不是說自己很難為情，而是老師。把一個高中生當成小孩看待的話，可見老師的年紀——」

「比企谷，你睡一覺吧。」

老師的手刀落到我的頸上。

「唔……」

接著，我的意識墜入黑暗深淵。

× × ×

有人大力搖晃我的身體。

「比企谷，快點起來，已經到了。」

「嗯……」

我睜開眼睛，看見熟悉的景物——我就讀的總武高中。

現在時刻剛過中午。

我似乎睡得很熟，而且記不得自己是什麼時候睡著的，看來我真的很疲憊。不過也因為好好睡了一覺，現在醒來時感覺神清氣爽。

「抱歉，我好像睡著了。」

「嗯？喔，沒關係，你一定是累了。快點，趕快下車。」

平塚老師的語氣意外地溫柔。

我一走出車廂，盛夏悶熱的暑氣立刻包圍上來，臨海一帶的空氣即是如此。其實我們不過離開這裡兩、三天，現在卻感到異常懷念。

大家在路上又是伸展筋骨，又是打呵欠。

我們從廂型車內搬出行李，慢吞吞地準備回家。柏油路面反射的溫度，熱得快要可以煎蛋了。

大家確認沒有遺漏東西後，簡單地排一下隊。平塚老師滿意地看著我們說：

「大家都辛苦了。返家之前都還算是集訓期間，所以回去的路上也要注意安全。那麼，解散。」

為什麼要擺出「怎麼樣啊」的得意表情……我猜她在出發之前便打定主意，最後要用這種方式收尾。

小町把背包背好，抬頭看向我。

「哥哥，要怎麼回去？」

「搭京葉線再轉公車吧，回去時順便買點東西。」

「**Aye aye, sir!**」

她對我行舉手禮，充滿精神地應道。

「既然同是京葉線，雪乃姐姐要不要跟我們一起走？」

「嗯……那就一起搭一段路吧。」

雪之下點頭，由比濱和戶塚則看向彼此。

「那麼，我跟小彩去搭公車。」

「嗯，好啊。那麼……」

大家決定好該怎麼回家後，便要互相道別。

這時——

一輛黑色租賃車發出低分貝的低沉引擎聲，滑到我們面前。

這輛車的駕駛座在左邊，駕駛是一名剛邁入老年的男子，灰白的頭髮從制服帽中露出來；由於後座車窗貼上反光紙，我們無法從外頭看出車裡的樣子。

「看起來像有錢人的車……」

車頭有一塊金光閃閃、貌似飛魚的裝飾；引擎蓋擦得晶亮，找不到一塊髒汙。

我盯著這輛租賃車猛瞧，這時，風度翩翩的駕駛步出車外，對我們恭敬地行一個禮，然後俐落地開啟後座車門。

總覺得這輛車似曾相識……

「嗨～～雪乃！」

現在明明是夏天最熱的時期，車內的女性卻讓人感受到冬日暖陽般的舒適感。

雪之下陽乃穿著純白色的夏裝，優雅地走出來。

「姐姐……」

「咦？這位是小雪乃的……姐姐？」

由比濱連連眨眼，來回比較雪之下和陽乃的外貌。

「哇～的確滿像的……」

小町低聲說道，戶塚也點頭。這對姐妹正好是兩種極端的人，但又那麼相像，有如照片的正片和負片。

「明明跟妳說過暑假要記得回家，但妳就是不回來，姐姐擔心便直接來接妳。」

「她怎麼知道我們在哪裡……這種舉動未免太恐怖……」

「大概是從我手機的GPS找到這裡。真是的，每次都那麼亂來。」

我跟雪之下小聲交談到一半，陽乃便從中打斷。

「啊，是比企谷！什麼嘛～你們果然是一起出去玩～嗯？是不是去約會？沒錯吧？這小子，真教人羨慕！年輕真好～～」

「怎麼又來那一套……我不是說過不是嗎？」

陽乃不斷用手肘頂我，這真是最令人討厭的事情。可是，即使我擺出不悅的表情，她仍完全不罷休，還得寸進尺地幾乎把整個身體貼過來。這個人又難纏又柔軟又討厭還有一股香味，坦白說，我實在很受不了。

「等、等一下！自閉男已經不高興啦！」

由比濱抓住我的手臂，一把將我拉開。陽乃見狀，停下一切動作，開始好奇地打量由比濱。我沒有漏看她一瞬間閃過的銳利眼神。

陽乃露出友善的笑容，對由比濱說道：

「嗯～有個新角色呢。妳是……比企谷的女朋友？」

「不、不是！一、一點也不可能！」

「喔～～太好了。我原本還在思考，該怎麼對付妨礙雪乃的人呢。我是雪乃的姐姐，雪之下陽乃。」

「啊，承蒙關照……我是小雪乃的朋友，由比濱結衣。」

「朋友啊……」

儘管陽乃的臉上滿是笑容，這句話的語氣卻異常冰冷。

「原來雪乃也是有朋友的。太好了，這樣我就能放心。」

雖然她說話的語調很溫柔，但如果伸手一摸，有可能被其中的荊棘刺傷。

「啊，但是妳不可以對比企谷出手喔！因為他是雪乃的。」

「才不是。」

「都說不是了！」

我跟雪之下異口同聲地否認。

「你看！連說的話都一樣！」

陽乃咯咯笑著，不知她是在尋我們開心，或者說這也是她演出來的。

「陽乃，到此為止。」

她聽見這個聲音，立刻止住笑聲。

「好久不見，小靜。」

「不要那樣叫我。」

平塚老師似乎不太好意思，「哼」一聲把臉別到一邊。我很意外她們兩人竟然認識，因而出聲詢問：

「老師，您認識她嗎？」

「她是我以前教的學生。」

「那是——」

老師回答得相當乾脆，我正打算繼續深究，但是被陽乃打斷。

「好啦，小靜，往事留待改天再聊。那麼雪乃，差不多該走囉。」

但雪之下把這句話當成耳邊風，沒有半點要移動的意思。

「喂，媽媽也在等我們喔！」

聽到這句話，原本堅持不合作態度的雪之下頓時顫抖一下。

她猶豫一會兒，死心地輕嘆一聲，對我和小町說道：

「不好意思，小町。雖然妳特地邀請，不過我不能跟你們一起走了。」

「啊，嗯……既然是家裡有事……」

那句話顯得正經八百又不帶感情，令小町疑惑地如此回應。

雪之下泛起透明的笑容，用小到快聽不見的聲音道別。

「……再見。」

她被陽乃推上車，消失在車內。

「那麼，比企谷，拜拜～～」

陽乃也揮揮手，坐進車內，然後對駕駛下達指示。

「都築，開車。」

駕駛恭敬地行一個禮，輕輕關上後車門，不看我們一眼便進入駕駛座。看來他一開始其實是對雪之下行禮，而不是對我們這群人行禮。

我們無法透過黑色的反光紙看出車內情況。

不過，雪之下想必跟平常一樣坐得直挺挺的，只把眼睛轉向外面。

駕駛發動低噪音的引擎，平穩駛上漫長的直線路段，最後消失於轉角。

我呆愣地望著車子遠去時，由比濱輕拉我的衣袖。

「自閉男……那輛車……」

「沒什麼。租賃車不都是那個樣子？而且當時我痛得要命，根本沒有仔細看那輛車長怎樣。」

即使明知不是如此，我還是這麼回答。

事實上，看到那輛車的瞬間，我便察覺到了。

接下來的整個暑假裡，我再也沒有見到雪之下雪乃。

參考文獻

夏目漱石《心》（集英社文庫）

後記

大家好，我是渡航。

在冬天最寒冷的時候寫盛夏的故事，令我深切感受到輕小說作家的因果報應。不知各位最近過得如何呢？我過得非常好。

總而言之，本篇故事總算進入夏天。

說到夏天，正是青春最閃耀的季節。穿少少的衣服！泳裝！若隱若現的胸罩！但寫完之後，我才想起自己的母親也會看到這些內容……

回到夏天的事。夏天對青春戀愛喜劇的重要性，有如「在那個夏天等待」。

我自己最害怕的就是夏天，也很討厭夏天，所以這一集寫得相當辛苦。

身為自宅警備員的日本代表，我一逮到機會便固守在家，即使被稱為邊疆守衛也不太奇怪。希望《守護者》系列可以推出一本《自宅守護者》。我對夏天就是這麼沒轍。至於「海之日」（註50）這玩意兒，更是一種差別待遇。有些人就是不會在夏天去海邊，所以政府應該要考慮這群人，另外訂一個「家之日」才對。好吧，其實我只是想多放一點假。

雖然大家常說「暑假、暑假」，但是進入社會後，便沒有暑假這種東西；開始工作之後，夏天只能放短短三天假。你們在開玩笑嗎？那是盂蘭盆節的假期吧！快

註50　七月的第三個星期一，是日本的國定假日。

點向高興地想著「哇！暑假！可以放好多天假！太棒了！我最喜歡好長好長的暑假」的我道歉！

我大概是用這種感覺，送上這本《果然我的青春戀愛喜劇搞錯了》第四集。不過比企谷八幡的暑假還沒結束，請各位讀者繼續期待。

以下是謝詞，用英文來說即為Special Thanks，用德文來說是……Danke schön。

ponkan⑧大神，我正是因為想看您繪製的泳裝圖，才寫出第四集的故事。特裝版的插畫集也辛苦您了，非常感謝。不管怎樣，泳裝最棒！

我的責編星野先生，從廣播劇CD到特裝版插畫集，這些在我們閒談中聊到的東西竟然通通成真，真是太驚人了。請問您是神龍嗎？非常謝謝您。

井上堅二大人，我與您素未謀面，還是承蒙您寫下書腰推薦文，真的非常感謝。當我為一個個逼近的截稿日期陷入慌亂時，您的話語給予我莫大的勇氣。

各位作家，儘管截稿日迫在眉睫，你們還是為參加酒會的我提供掩護、製造不在場證明，非常謝謝你們。下次也請各位多加關照。

還有各位讀者。多虧有大家的支持，才能讓我繼續努力。儘管有辛苦的一面，但我非常喜歡這份工作。真的很謝謝你們，今後也請多多指教。

那麼，這次便容我在這裡放下筆桿。

二月某日，於千葉縣某處，喝著暖呼呼的MAX咖啡　渡航

浮文字

果然我的青春戀愛喜劇搞錯了。4

（原名：やはり俺の青春ラブコメはまちがっている。4）

著者／渡航　封面插畫／ponkan ⑧
譯者／涂祐庭　內文審校／施亞蒨
執行長／陳君平　榮譽發行人／黃鎮隆
協理／洪琇菁　國際版權／黃令歡、高子甯
執行編輯／石書豪　美術主編／李政儀

出版／城邦文化事業股份有限公司　尖端出版
台北市中山區民生東路二段一四一號十樓
電話：（〇二）二五〇〇—七六〇〇
傳真：（〇二）二五〇〇—二六八三
E-mail：7novels@mail2.spp.com.tw

發行／英屬蓋曼群島商家庭傳媒股份有限公司城邦分公司
尖端出版
台北市中山區民生東路二段一四一號十樓
電話：（〇二）二五〇〇—七六〇〇（代表號）
傳真：（〇二）二五〇〇—一九七九

中彰投以北經銷（含宜花東）／楨彥有限公司
電話：（〇二）八九一九—三三六九
傳真：（〇二）八九一四—五五二四

雲嘉經銷／智豐圖書股份有限公司　嘉義公司
電話：（〇五）二三三—三八五二
傳真：（〇五）二三三—三八六三

南部經銷／智豐圖書股份有限公司　高雄公司
電話：（〇七）三七三—〇〇七九
傳真：（〇七）三七三—〇〇八七

一代匯集／香港九龍旺角塘尾道六十四號龍駒企業大廈十樓B&D室
電話：（八五二）二七八三—八一〇二
傳真：（八五二）二七八二—一五二九

馬新經銷／城邦（馬新）出版集團Cite (M) Sdn. Bhd.
E-mail：cite@cite.com.my

法律顧問／王子文律師　元禾法律事務所
台北市羅斯福路三段三十七號十五樓

二〇一三年六月一版一刷
二〇二四年二月一版十八刷

■繁體中文版■

郵購注意事項：
1. 填妥劃撥單資料：帳號：50003021戶名：英屬蓋曼群島商家庭傳媒(股)公司城邦分公司。2. 通信欄內註明訂購書名與冊數。3. 劃撥金額低於500元，請加附掛號郵資50元。如劃撥日起 10～14日，仍未收到書時，請洽劃撥組。劃撥專線TEL：(03) 312-4212 ・ FAX：(03) 322-4621。E-mail：marketing@spp.com.tw

國家圖書館出版品預行編目資料

果然我的青春戀愛喜劇搞錯了。4/ 渡航 著;涂祐庭譯
—1版.—臺北市:尖端出版, 2013.06
面 ; 公分.—(浮文字)
譯自:やはり俺の青春ラブコメはまちがっている。4
ISBN 978-957-10-5231-1(平裝)

861.57 101015957